KB120800

다시 청풍에 간다면

시작시인선 0370 다시 청풍에 간다면

1판 1쇄 펴낸날 2021년 4월 16일
지은이 이형권
펴낸이 이재무
책임편집 박은정
편집디자인 민성돈, 장덕진
펴낸곳 (주)천년의시작
등록번호 제301-2012-033호
등록일자 2006년 1월 10일
주소 (03132) 서울시 종로구 삼일대로32길 36 운현신화타워 502호
전화 02-723-8668
팩스 02-723-8630
홈페이지 www.poempoem.com
이메일 poemsijak@hanmail.net

ⓒ이형권, 2021, printed in Seoul, Korea

ISBN 978-89-6021-549-8 04810
       978-89-6021-069-1 04810(세트)

값 10,000원

다시 청풍에 간다면

이형권

천년의 시작

시에 나오는 지명은

내가 사랑한 후미지고 한적한 여행지이다.

마음을 내면 누구나 이를 수 있는 곳

그 익명성과 미지성의 함의를 위해

굳이 위치를 밝혀 두지는 않는다.

눈보라 치던 길이 있었으며
별빛 헤아리던 밤이 있었다
넘실거리던 아침 바다를 걸었고
저무는 산사의 법고 소리에
가슴 미어졌다
떠도는 몸과 바라보는
마음이 하나가 되었을 때
여행은 한 편의 시처럼
내 곁에 있었으니
살아 있는 동안 나는
그 길을 떠돌며
오래 그리워하리라

2021년 봄 撫心齋에서 이형권

차 례

시인의 말

제1부 봄날의 한 조각

푼힐 가는 길

어제는 내가 그대의 밀원에
달콤한 꿀을 따러 갔고
오늘은 그대가 나의 뜨락에
나비처럼 날아와 노닐었다

다시 오지 못할 날들
해발 8천 미터의 설산을 우러르는
살구꽃 휘날리는 고래파니 마을
길들은 옷고름처럼 아스라하다

하늘을 나는 물고기와
바닷속을 꿈꾸는 나비
바람에 날리는 룽다의 경전은
설산에 닿을 듯이 펄럭이는데

바라보면 하염없이 눈물이 흐르는
눈부신 설산 아래 푼힐로 가는 길
그대의 달콤한 유혹에 젖어 부르던
하얀 불탑 아래, 맑은 노래 하나

>
그 노래 속에 감추어진 이야기가
어느 날 석청의 밀랍처럼 열려
낯선 여행자가 잠 못 이루는 밤
다시 이 골짜기에 울려 퍼진다면

노래는 빗방울처럼 다락논을 적시고
노래는 딸랑이는 노새의 방울 소리가 되고
노래는 언덕 위 외딴집의 따뜻한 등불이 되고
노래는 황금빛 룽다의 주문처럼 설산을 넘어가리

화개에서

그대는 어느 골짜기로부터 흘러온 노래였는지요
이른 아침 새하얀 눈이 내린 듯
상가에는 수많은 꽃들이 피어나
섬진강의 봄을 절정으로 밀어 올립니다

바람 한 점 없이 고요한 하늘가에서
하늘하늘 나부끼는 꽃들의 노래가 시작되었습니다
꽃잎이 제 영혼의 무게를 이기지 못하고 휘날리는 모습은
마치 소리 없이 겨울이 가고 봄이 오는 일처럼 신비롭습니다

아! 섬진강
눈 감으면 그리운 강길
강물 위에 곱게 벗어 둔 그대의 흰 저고리를 봅니다

복사꽃 피는 봄날에

복사꽃 피는 봄날에
아버지 무덤에 비碑를 세우러
고향에 간다

꽃이 피었다 지듯이
그렇게
한 세상이 갔다

들판에는 연기가 솟고
무논에는 벌써
못자리를 잡는다

어느 세월이 와서
지게 위에 복사꽃을 꽂고
집으로 돌아오실까

흐린 차창 너머
아버지의 저승길이
도원桃園처럼 환하다

선운사에서

어떤 이는 눈물처럼 후두둑 지는 꽃이라 했다
어떤 이는 주막집 여인의 육자배기 가락이라 했다
어떤 이는 눈부신 순간에 스스로를 버리는 확신주의라 했다

눈밭을 맨발로 걸어온 이의 사연인 양
흥건히 고이는 슬픔
차마 다가갈 수 없는 서러움

연분홍 하늘빛이 내려오고
만세루 너머 도솔암까지 울려 퍼지던 법고 소리
초사흘 달빛 아래 문상객도 없는 다비식이 열렸다

시목나루

섬진강 변 시목나루
바람만 예전처럼 횡횡 지나고
지금은 잊혀진 나루라네

시루봉 능선에서 내려다보면
물결 속에 출렁이는 산자락을 타고
이슬 맞은 애비들이 강을 넘던 곳

돌아보면 꿈결처럼 강물이 흐르고
쌍 무덤가 소나무 홀로 서 있는
선 떨어진 빨치산이 쓰러져 눕던 곳

인정이 말랐는지 세월이 말랐는지
나룻배도 뱃사공도 떠나 버리고
해 저물면 첨벙첨벙 발자국 소리

주막집 너머 바람만 횡횡 지나고
섬진강 변 시목나루
지금은 잊혀진 나루라네

잠두리에서

복사꽃이 핀 길을
한 사람이 지나가고 있다
그 사람의 등 뒤로
한없이 쓸쓸한 바람이 따라간다
복사꽃이 피었지만
소식 한 자를 띄울 곳이 없는
또 한 사람이 지나가고 있다
그 사람의 등 뒤로
한없이 야윈 강물이 흘러간다
서낭재를 넘어간 누이가
돌아올 것 같지 않은
봄날이었다

진달래꽃

누님, 세상은 저리 꽃 사태가 났는데
가슴엔 서러운 강물이 흐릅니다
진달래꽃이 피었다가 진달래꽃이 지는 사이
명경같이 맑던 토방 마루에
누님, 청수 같은 눈물이 짓물렀습니다

누님, 산등성이에 돋는 별은 알았을까요
누님, 대숲에 이는 저녁 바람은 알았을까요
이른 봄 꼴망태를 이고 오던 길모퉁이
그날처럼 뒤란에서 두견새는 울어 쌓는데
인간사, 가도 가도 끝이 없다는 것을

누님, 사람들은 저리 화사한 봄날인데
가슴엔 세찬 먹구름이 몰려왔습니다
진달래꽃이 피었다가 진달래꽃이 지는 사이
노을같이 해진 치마폭에
누님, 떨어진 꽃잎이 가득합니다

사월

꽃 지는 밤
영천에 가서
잠깐
소쩍새 울음을 듣고
냇가의
차운 돌처럼 앓았다

떠돌다 길을 잃고
달밤에 별을 찾는 일처럼
소진하다
어느덧 해 질 머리
봄 산 모퉁이에
꽃을 보고 울었다

편시춘片時春

매화꽃도 아니고 살구꽃도 아니고
복사꽃에 마음 젖을 때가 있다

선비의 풍모나 절개 높은 여인처럼
무슨 고상한 결기가 있는 것은 아니지만

복사꽃은 남녘 변방에서 후미지게 살아온
우리 부족의 언어를 닮았다

보리밭이 해살거리고 붉은 복사꽃이 필 무렵
깨복쟁이 친구가 죽었다

못명한 친구 몇이 밭두렁에 주저앉아
막걸리 한잔 마시고 다시 못 올 봄날을 본다

오매 나쁜 놈 지가 우리를 두고 으째 그랄 수가 있단디야
우덜 같은 늙은이를 두고 먼 놈의 시상에 이런 일이 있
단디야

오십 줄에 세상 버린 용배 무덤가에

늙은 엄니들 나와서 눈물을 떨구고 간다

육일시 막걸리 차가 '고향무정' 노랫가락을 부르며
복사꽃이 핀 남댕이 들판을 지나간다

월령 포구에서
—윤정현에게 주다

바다가 미친 듯이 울던 날 밤
너의 심장이 멈추었다고 한다
지나간 모든 날이
주마등처럼 스치는데
애월 너머 월령포구에는
멍든 사연뿐이다
서걱이는 지전춤처럼 바다가 부서지고
외로운 배 한 척
만경창파 떠돌다가
너는 이제 돌아올 수 없는
꽃씨가 되고 말았다고 한다
멕시코 해변에서 자란 씨앗 하나
태평양을 건너 필리핀 해협까지 밀려왔다는데
흑조를 타고 북상
이교도의 집단처럼 월령 포구에 도착했다는데
백년초야 백년초야
필경 너는 우리처럼 눈물 많은 족속이리
지상에 발붙일 언덕 하나 없이
황무지 돌밭 위에 안쓰럽더니
정이월 해안선에 씨드림의 영등신이

난장 트는 거친 날에
무너진 돌담 아래
발바닥 같은 아우성만 가득하더니
떠오를 듯 떠오를 듯 애를 쓰다
잠겨 버린 외로운 배 한 척
바다가 미친 듯이 울던 날 밤
너의 심장이 멈추었다고 한다

주작산 가는 길
―윤정현에게 주다

동백꽃이야 피었드라만

장독대 너머 매화꽃이야 피었드라만

한번 가면 오지 못할 세상

비바람 치고 밤새 들썩이더니

항촌리 사장나무 아래 비에 젖은 신도비

명발당 처마 밑에 낡은 구두 한 켤레

무학중사 섬돌 아래 금잔옥대 수선화야 피었드라만

금동 아짐 텃밭에 앵두꽃이야 피었드라만

수양리 지나 넉거리재 너머

억달나무 하러 가던 길

조석루 농산별업 청라곡까지

떠돌다 떠돌다 시로 쓰지 못한 산하

비에 젖어 흐느껴 우는데

정금 따 먹으러 가던 길

맹감 따 먹으러 가던 길

할아버지 묻힌 선산 가던 길

풀숲에 사스레피 진한 꽃이야 피었드라만

멧돼지 허물고 간 뗏장 위에 산자고꽃이야 피었드라만

느그 엄니 정짓간 아궁이 이맛돌 같은

돌무덤 하나

28

쓸쓸한 발길 두엇 떠나질 못하고
비에 젖은 산꽃이야 억장 무너지게 피었드라만
주작산에 출렁이는 슬픈 노래 하나
붉게 붉게 피었드라만

봄밤

적막하지 않고 어찌 봄밤이라 할 수 있을까
저녁 바람에 흐느끼던 보리밭이 내 곁에 와 잠들었다

손아귀에 쥐어 본 한 줌 바람 같은 시간들
상엿집 서까래처럼 쓸쓸해졌다

노을 속에서 흔들리는 보리밭을 보면서
나는 사랑의 배후를 본다

감미로운 속삭임이었다가
옹이처럼 새겨진 기억의 파편들

먼 옛날 바윗돌에 새긴 매향비埋香碑는
찾는 이가 없이 홀로 이끼를 머금었다

돌 속에 새겨진 천금 같던 약속이여
이 들녘에서 누가 머물다 갔는지 말해 보렴

열리지 않는 목청으로 봄밤의 심연을 향해
어어어이이 하고 소리를 질러 보느니

>

적막하지 않고 어찌 이별이라 할 수 있겠는가

들녘에 개구리 울음소리 가득하다

적상산에서

봄날이 고요히 꽃 속에 머물다 간다
꽃이 피었다가 지는 사이
바위가 부서지는 시간일 수도 있고
번갯불이 스쳐 가는 찰나일 수도 있고
사랑이 왔을 때의 떨림일 수도 있고
사랑이 떠나갈 때의 무정일 수도 있다

피어나는 것은 모두 격렬함을 지니고 있다
강고했던 시간의 사슬을 뚫고 견디어 온
몸부림 같은 것
해발 1,043미터의 추위와 된바람이 키워 온
그리움 같은 것, 사랑 같은 것
향로봉 아래 주저앉아서 눈물의 잔치를 본다

얼레지꽃, 바람꽃, 현호색, 당개지치, 피나물꽃
그대가 꽃 속에서 웃고 있듯이
다시 마주한 이 봄날이 얼마나 찬란한 것이냐
꽃이 스러지면 나의 봄도 스러질 터
봄날이여
고요히 꽃 속에 숨어 오래 머물러 있으라

독수정獨守亭에서

정자로 가는 길은 비어 있다
우마牛馬 소리 들리는 마을 길을 벗어나
작은 시내가 굽이굽이 흐르는 산간으로 들어서면
울창한 송림 속에 낡은 기와집
바위처럼 말을 잊었다

물이 끓고 맑은 다향이 번질 때
대숲을 휘어잡고 누군가 찾아왔으리
하늘에 달이 높이 떠 휘영청 밝을 때
개울물 소리처럼 누군가 찾아왔으리
질화로에 향을 사르고 적막해졌을 때
처마 밑에 이는 바람처럼 누군가 찾아왔으리

때로는 문을 걸어 닫고 서책에 파묻혔고
때로는 문을 나서 산중의 풍경 속에 길을 내었고
때로는 꽃이 피고 꽃이 지도록
찾아오는 이가 없어 쓸쓸하였으리

남명 스님

저리도 꽃이 붉은데
남명 스님의 글씨는
여직 취해 있다

가신 지 몇 해나 되었을까
칠전선원 빈 선방에 앉아
단청같이 붉은 눈빛
낮달이 흐르던 산중
운필이 꼭 취객처럼 서글펐다

이름난 고관대작에서
유곽의 여인에 이르기까지
벽안당 처소에서
육두문자처럼 쏟아지던 괴각
거칠 것이 없었다

영산홍이 피던 날
젊은 날의 순정이 그리웠던가
육조고사六朝古寺 편액 아래
무현금의 춤을 추고

무우전 뒷방에 몸져누워
녹슨 철불에
꽃이 피기를 기다렸다

때가 이르러
조계산에 범종 소리 하나 남기고
자취가 없어졌으니
달마전 섬돌 아래
영산홍이 피고 지도록
선암사에는 다시 못 올 봄이 있었다

작약꽃

못내 겨웠던 비장함을 드러내듯
붉고 탐스럽게 피어나는 작약꽃은
고이 간직했던 숨겨 둔 마음을 보는 듯하다
오월의 신부처럼 화사한 자태를 드러내는 이 꽃은
고향 집 어머니의 텃밭을 지켜 주던 꽃이기도 하다
세월이 흘러 앙상한 매듭만이 남았을지라도
마음만은 여전히 봄날이신 어머니!
부귀영화란 딴 세상 얘기처럼 멀어졌지만
가난한 백성의 어머니에게 작약꽃은
정화수 한 사발 오롯이 담겨
자식들 복을 빌던 마음이 담겨 있다
하여 작약꽃을 보면
푸르스름하게 달빛 쏟아지던
어머니의 장독대가 생각나는 것이다
작약꽃 흐드러진 어느 퇴락한 고가를 찾아가면
들녘에서 보리 익어 가는 내음이 밀려오고
먼 산에서 훌쩍훌쩍 뻐꾹새가 울고
시나브로 봄날은 저물어 간다

봄날

살뜰하게 좋은 사람을
목련꽃이 화사하게 핀 봄날
길모퉁이에 서서
종일토록 기다리던 날이 있었습니다
겨자색 폴라를 입고
은은한 향기 스치는 검은 머리를 나풀거리며
그가 올 것인지
그의 마음이 올 것인지
꽃 싸움을 하던 철없던 날처럼
가슴 두근거리며
눈길이 먼 하늘가로 맴돌았습니다
언덕에는 아지랑이가 피어오르고
그리움이 새잎처럼 돋아나고 있었습니다

다시 청풍에 간다면

초사흘 달빛이
부끄럽게
입맞춤을 허락한다는
청풍에 간다면
필시 전생에
어느 나루터에 두고 온
남색 저고리 같은 강물을
만날 것도 같은데
산마루를 넘어온 흰 구름이
미루나무 끝을 스치고 가듯
그대의 귀밑머리를 쓸어 올리며
서러운 이야기를
풀어 놓을 것도 같은데
살구꽃이 지는 봄밤
불현듯 찾아낸 기억처럼
연분홍 설화지에 써 내려간 연서가
바람결에 실려 올 것도 같은데
청금석 같은 저녁 하늘가
홍방울새가 울고
호수에 붉게 스미는 노을

흔들리는 나룻배의 이물에 앉아
그대가 불러 주는 이별가에
다시 귀를 적실 것만 같은데

다시 봄밤

봄밤에는 우수가 있다
슬픔이라고 표현하기에는 채워지지 않는 어떤 감정의 상태
봄밤의 우수는 깊고도 고요하고 충만하면서도 서럽다
본능에서 좀 더 심화된 감정
그 심연에서 흘러나오는 샘물 같은
저녁 바람에 실려 오는 오월의 숲 향기

봄밤의 우수는 어디에서 오는가
연둣빛 잎새의 청순함에서 오는가
산도화 연분홍 순정에서 오는가
봄밤의 우수는
애틋한 저녁 하늘의 떨림 같은 것
삶의 격랑에 이르지 못한
순수한 존재들이 뿜어내는 설렘 같은 것
시나브로 밀려오는 그리움 같은 것

자작나무 잎새 눈을 뜨고
야광나무 흰 꽃이 등불처럼 피어날 때
초승달 아래 작은 모닥불이 타오르고
어디선가 내려온 밤의 적막이 등 뒤에 있다

감로 같은 이슬이 내리는 숲속

봄밤의 우수를 불러 대작하기 좋을 때

저 홀로 애끓는 마음이 있어

밤의 숨소리가 처량하다

선암사 뒤깐

올봄 미국에서 온 탐 선생 부부와 길을 떠났습니다
전라도 순창의 산골 소녀는
고래실논 두 마지기를 팔아 서울 이화여고에 입학했는데
어쩌다 코 큰 사람의 아내가 되었답니다
그분의 남편 탐 선생은 정보장교로 조선의 산천을 누볐고
조선의 산과 들, 허름한 돌담길까지 사랑하게 되어
조선 냄새 물씬 나는 여자를 아내로 맞아들였답니다

유수 같은 세월이 흐른 뒤
여고 동창생들이 만나 그리운 여행길을 열었습니다
개심사 청벚꽃을 보고 흑산도까지 갔는데
일기가 불순하여 홍도를 포기하고
운주사로 선암사로 여행길이 바뀌었습니다

영산홍이 흐드러지게 핀 봄날
그 길에서 선암사의 뒤깐을 보았습니다
탐 선생이 그러더군요, 또박또박 한글로 적어 국보라고
우리에게 세월의 뒤안길로 물러난 유물 같은 건축이
그분에게는 40년 전 눈물겹던 조선의 풍경이었고
첫날밤 옷고름을 풀던 신부처럼 사랑스러웠나 봅니다

>

용인 민속촌에 가서 뒤깐이란 먹글씨를 받아 뉴욕으로 갔
답니다

그리고 자기 집 뒤깐에 그 뒤깐 글씨를 붙여 두고

아침저녁으로 싱글벙글 드나든답니다

하회탈과 목탁, 만수향까지는 챙겨 갔는데

선암사 승방에서 본 고무신을 두고 온 것이 못내 아쉽답니다

홀로 푸른 꽃을 피워 내는 개심사 청벚나무처럼

잊히지 않는 나무 한 그루가

뉴욕의 뜨락에서 싹을 틔우고 있는 셈입니다

제2부 무현금의 노래

노을 앞에서

어느 때는 밀원의 꽃밭 같은 설렘이었다가
어느 때는 막장의 어둠 같은 절망이었다가

어느 때는 귀엣말의 다정함 속에 머물렀다가
어느 때는 가시 돋친 악다구니 속에 갇혀 있다가

저녁 하늘이여
때가 되니 모두가 붉은빛으로 스며
부둥켜안고 저물어 가는 하나의 풍경이었음을
늙은 여우처럼 고향길에 와서 깨닫는 시간이다

우음도牛音島

기억들만 남아 있는 섬이 있다
바다는 사라지고
갈 곳 없는 새들이 날아와서
둥지를 튼다

버려진 세월
시화호가 만들어지기 전
서해의 작은 섬
갯벌이 육지로 변하면서
띠풀이 자라고
드문드문 버드나무가 선
초원이 되었다

잊힌 바다는
쓸쓸한 폐허에 불과하다
온기 없는 소파처럼
내동댕이쳐진 티브이처럼
도시의 하치장과 같다

그곳에 어느 날부터

정처 없는 바람이 찾아왔다
이슬 맺힌 해당화가 피고
흰 구름처럼 삐비꽃이 일렁이고
그리움이 가득한 길손이 찾아왔다

소를 닮아서
소 울음소리가 들린다던 섬 우음도
늙은 소같이 섬이 운다
저물녘이면 도장밥 같은 붉은 노을 아래
흐느끼며 바람이 운다

정선 가는 길

장맛비가 쏟아지는 날
못다 한 사랑처럼
푸른 비가 쏟아지는 날
안개 자욱한 고개 넘고
감자꽃 피는 산골의 외딴집을 지나
비에 젖은 나뭇잎처럼 길을 떠난다

그곳이 어디인지 몰라도
가슴속 막막한 이야기처럼
자욱한 비안개의 길
앞서거니 뒤서거니 길동무 몇
말없이 빗소리에 젖어 떠도는
머나먼 강원도 길

잎새에 떨어지는 빗방울 하나
순정의 파문이 되어
밀어처럼 정다운
숲길을 걸어가면
산비탈 붉은 밭고랑처럼
그리움이 처연하다

붉은 꽃잎이 연못을 적시네

그대가 떠난 후
이슬 같은 눈물이
연못에 어린다

삼경에도 가끔
주렴에 어린 달빛이
흐느껴 우는 소리를 듣는다

풀벌레 소리 잠든 사이
가만히 창문을 열고
꽃이 지는 소리를 본다

계류에 부서지는 물소리가
밤을 지새우는데
하염없이 하염없이 꽃이 진다

외연도 外煙島

서해 끄트머리에 외연도란 섬이 있다
해무가 연기처럼 피어올라
가끔 섬의 자취를 지워 버리는 곳
새벽이면 중국에서 닭 우는 소리 들려오고
버림받은 섬사람들의 주린 배를
대륙에서 쫓겨 온 장수가 채워 주었다는 곳
동백꽃 떨어지는 당산 숲에 가면
토벌대가 찾아오자 자결하여
섬사람들의 수호신이 된 장수의 사당이 있고
봉화산 꼭대기에 오르면
동해처럼 푸른 망망대해가 펼쳐져 있다
다정한 여인처럼 비껴 누운 횡견도
군마를 싣고 가던 배가 쉬어 갔다는 무마도
이름마저도 정겨운 청도, 황도, 수수떡 섬
바다 위의 시간은 세상을 잊은 듯 평화롭고
원시의 숨결만이 가득하다
회유하는 고기 떼를 따라온 어부였는지
추쇄꾼을 피해 숨어든 유민이었는지
알 수 없는 사람들의 사연이 도착한 후로는
철 따라 머물다 가는 새들의 노래가 있었을 뿐

무명의 세월을 고집하는 은자의 땅이었으니
돌삭금, 누적금, 고라금 해변에 깔린 몽돌처럼
그리우면 서로 몸을 뒤척이며 바다의 노래를 불렀다

울릉 찬가

나의 여행은 오랜 열망과 같았으니
그 언덕 위에 서서 바다를 보면
가슴이 먹먹해지도록 좋았다
망향봉에서 내수전에서 죽도에서 도동 등대에서
송곳산 아래 추산일가를 지나 대풍감 절벽 위에서
망망한 울릉도의 바다를 연모하였으니
뭍으로 간 자식들이 돌아오지 말라고
무덤마저도 만들지 않았던 섬사람들의 시린 마음을
밤바다의 불배처럼 뜨겁게 느낄 수 있었다
3천 미터가 넘는 심해의 산줄기가 솟구쳐 올라
울릉도의 이마는 언제나 푸른 절벽처럼 싱싱하고
바닷속은 태고의 숨결을 감춘 듯 신비로운 빛이었으니
바람에 날리는 뼛가루가 되어 떠돌고 싶었던
내 마음속에 숨겨 온 영토였다
섬백리향 향기에 젖어 신령수 길에 들어서면
발목이 빠지도록 가랑잎이 수북하고
잎새를 떨군 회백색의 섬단풍나무 가지 끝에서는
파란 하늘이 걸려 우는 듯했다
원시의 하늘과 원시의 수림과 원시의 흙냄새가
길손의 발길을 휘감고 서성이게 하는 곳

전설 같은 투막집 두어 채, 햇살 아래 육탈되어 가는
알봉분지 평원에 들어서면
그리운 것은 언제나 그렇게 손에 닿지 않을 곳에서
사무치게 하는 것인지
산그늘이 내린 저녁 바람 속에서도
새벽의 희미한 안개 속에서도
청춘의 향기를 간직한 사진첩을 바라보듯
마음을 여미고 추억하였으니
나의 애달픈 사랑이 숨 쉬는 곳
머나먼 동해바다 외로운 곳에
울릉도가 있다

굴업도掘業島

동해가 울릉도를 빚었고
남해가 소매물도와 거문도 홍도를 빚었다면
서해는 필시 굴업도를 빚었으리
공룡이 번성하고 익룡이 살았다는 9천만 년 전
중생대 백악기 화산이 분출하던 시절
한반도의 산고를 뚫고 만들어졌다는 섬
바다 밑 골짜기에서
냉수대를 타고 짙은 해무가 피어올라
연안의 뱃길을 안개 속에 수장한다는 전설 같은 이야기
연평 바다에서 회유하던 민어 떼가
개머리 해안까지 몰려오던 날은
꾸룩꾸룩 울어대던 고기 떼 울음소리에
작은말 해변 파시촌 색시들도 잠을 이루지 못하고
덕물산을 타고 오르는 소사나무 숲에는
먼바다를 건너온 고단한 바람 소리뿐이었다
한강을 타고 흘러온 내륙의 모래가
바람에 날려 목기미 해안에 쌓이듯이
산란기의 민어가 애타게 서로를 부르던 울음소리처럼
비린내 나던 사랑이 둥지를 틀던 곳
어부와 작부들도 잠시 이 섬에 머물다 갔다

아우성치던 삶이 대나무 구덕에 실려 간 고기 떼처럼
숙명의 시간으로 받아들여지고 말 때
포구는 면사 그물처럼 촘촘하게 삶을 포획하고 말았다
지분 남새 낭자하던 선창가 갯마당에
해일이 휩쓸고 간 후 파시가 깨지고
한때의 영화는 녹슨 닻처럼 쓸쓸해져 버렸다
늦도록 지는 해를 바라본다는 느다시 언덕에 서면
바다는 선단여의 전설처럼 붉은 눈물로 가득하고
덕적도 각흘도 선갑도 지도 울도 백아도
마귀할멈의 유혹으로 사랑에 빠졌다가
하늘의 벌을 받고 바위가 되었다는 오누이 섬
섬은 실재하는 것이 아니라 하나의 은유가 되어서
우리 앞에 펼쳐져 있다
파도와 바람과 안개와 노을 속에 떠 있는 존재들
우리는 하나의 섬이 되어서 저마다 생을 노래하고 있다
소금기를 머금고 풍화되어 가는 해식와海蝕窩처럼
상처는 풍경이 되었고
어느덧 초원에서 바라보는 저녁 바다처럼 고요해졌다

활기리活耆里에서

삼척시 미로면 활기리에 가면
솔숲을 떠도는 바람 소리가 있다

태산준령에 숨어 사는 어느 영靈이 있어
하늘의 뜻을 은밀하게 점지해 준 땅

두타산 흘러내린 배꼽자리
서기를 품었는데

백 마리의 소를 잡고 황금으로 관을 써야
5대 후에 왕이 나온다는 명당 이야기

처갓집 흰 소를 잡고 귀리 짚을 금관 삼아
묘를 썼다는 백우금관百牛金冠의 전설

화전밭 일구던 어느 늙은이의 전언이 있어
잃어버린 역사가 살아났다는 활기리

그 후로 이 땅은 창자 속까지 누런 황장목이 자라고
금강석처럼 단단한 미인송이 숲을 이루었으니

>

매년 사월 스무날은 전주 이씨 후손들이 모여
머리 조아리며 양무장군에게 제사를 올리는 날

그러나 그 누가 알리
잃어버린 무덤이 수백 년 후 다시 살아난 사연을

문중도 족보도 항렬도 없이 살아온
몽둥발이에겐 스치는 솔바람이 역사라네

땅끝에서

길은 예기치 않은 곳에서 시작되었듯이
예기치 않은 곳으로 흘러간다

흐린 하늘 너머로
꽁지 짧은 청둥오리 떼가 날아오르고

새들이 떠나간 자리
부질없는 추억들이 홀로 저녁을 맞는다

언제 적이었던가
그대가 땅끝으로 간다고 말을 했을 때

내 마음속에는 황금빛 보리밭이 일렁이고
들판의 아지랑이처럼 노고지리가 울 때

흙먼지 날리던 신작로 길을 따라가며
바람 소리마저 그리울 것이라고 했지

길 위에는 자욱하게 어둠이 내리고
다시 땅끝으로 가는 길

>

사랑은 예기치 않은 곳에서 시작되었듯이
예기치 않은 곳으로 흘러간다

느티나무 연가

느티나무처럼 푸르고 무성한 날이 있었다
강물을 따라서 노래가 흐르던
여울목을 건너던 나루터나
뗏목꾼이 쉬어 가던 주막집 어귀
느티나무는 꼭 돌아와야 할 언약처럼 서 있다
하늘의 별자리가 흐르듯 세월이 흐르고
다시 돌아올 시간을 헤아리듯 밤하늘을 바라보면
추억이 시작되는 어느 길목에
아직도 무성한 그리움처럼 느티나무가 서 있다
첫사랑이 또아리를 틀었던 곳
등불 같은 이야기가 서리서리 모여들어
바람처럼 몰려와 우수수하고 몸을 떨면
겨울밤처럼 춥고 외로웠던 곳
강 건너 세상을 꿈꾸며
이른 새벽 노 젓는 소리 강물을 깨울 때
느티나무는 홀로 운 적이 있다
강물이 스치고 가듯
떠나간 이들은 돌아오지 않고
소년들은 벌써 지천명이 되었다

무너미에서

어느 날 내 마음이 일몰의 저녁 바다처럼 담담해졌다
노을에서 어둠으로 침몰하는 시간의 어디쯤이었을까
모든 것은 순간이었고
호수처럼 잔잔한 여운이 긴 그림자를 끌고 갔다
애처로웠던 연민의 날들이여
나 이제 다시 무너미에 가지 않으리
그곳은 향기로운 꽃이 피고
끝없는 초원과 고요한 호수가 있고
눈 내리는 설원의 깊은 밤이 있었으나
나 이제 그곳에서의 날들을 꿈꾸지 않으리
정지된 시간 저 깊은 모퉁이에
외롭게 묻어 두리
백마의 수급을 장검으로 내리친
어느 사내의 이야기처럼
다시 무너미를 꿈꾸지 않으리

만대루晚對樓에 올라

세상의 풍경과 자연의 풍경은 무엇이 다른가
광장에서 밀실에서 온갖 말들이 무성했지만
청산은 이미 세상의 이치를 알고 있듯 움직이지 않고
강물은 이미 사람의 마음을 헤아리고 있듯 흘러간다
순교자처럼 피었다 지는 병산의 붉은 꽃이여
늦은 오후에 마주한 햇살 한 줌이 애처롭구나

구마동九馬洞에서

청옥산과 각화산 사이 물길이 흘러

백리장천 두메길이 청정하다

굶주린 사람은 식량을 구할 수 있고

마음이 고달픈 사람은 안식을 얻을 수 있었으니

길은 그리움으로 가는 암호와 같다

잔대미에서 소현, 마방, 노루목, 도화동에 이르기까지

길은 저마다의 사연을 간직한 채 늙었다

산에는 영혼을 부르는 소리가 있어

길을 따라서 사람들이 스며드니

비결파들이 일가를 보전했다는 피장처,

도화동 안씨 노인은 일생을 산에서 보냈다

아홉 마리의 준마가 어울려 사는 상서로운 곳

구마일주九馬一柱 명당은 찾지 못했어도

흰 구름이 피어나고 복사꽃이 흐르던 길

산토끼와 뛰놀던 아이들이 사라졌고

폐교가 된 학교는 잡초 속에 묻혔지만

아직도 노인은 장작을 패고 돌탑을 쌓는다

운여雲碘에서

때로는 인생의 강물을 어찌할 수 없을 때가 있다
격랑은 숨죽여 들여다볼 틈도 없이 휩쓸고 간다
그는 지금 어느 연안으로 떠밀려 가는 조각배일까
모든 따뜻했던 순간을 배후에 두고
그가 파헤치고 간 상처를
황망히 바라볼 수밖에 없다
그가 유유히 사라져 버린 이국땅에도 긴 하루가 저물고
그도 어떤 꿈과 회한에 들어 저녁 하늘을 바라보겠지
그래, 그도 몹시 아팠을 것이라 생각하며
나는 흰 물떼새처럼 해변의 노을을 보러 갈 것이다
어차피 저물어 가는 것이 인생 아니던가
슬픈 노래 같은 해가 저물고
푸른 저녁 빛이 대지에 스며들고
어둠 속에 서성이던 그림자마저 지워지면
가슴이 먹먹해지도록 허허로울 터
나의 발길은 바다에 스민 침묵처럼 쓸쓸해질 것이다
그가 나에게 준 예고편 같은 선물이
황홀했던 그 바닷가의 노을이었으니
삶이란 이처럼 우스워질 때가 있다

>

아아, 나에게도 낙일관落日觀을 닦을 노래 하나 있었으
면 좋겠다

풀등에서

해적들이 은신하여
세곡선을 약탈하고
우투리 같은 자식들이 물줄기를 거슬러 갔지만
아무도 그 자취를 기억하지 못한다
고기 떼마저 희미해진 연안에는
은빛 모래가 쌓이고
썰물 지는 바다에서 떠오르는
바다의 원시성이 길러온 나신裸身
신기루처럼 드러난다

태백의 어느 골짜기에서 시작된 물줄기가
이곳 바다에 이르기까지
바윗돌이 뒹굴며 부서진 노래의 속살이
풍랑의 바닷속에서 울고 있으니
풀등은 이름 없이 사라져 간
무명소졸의 최후를 보는 듯하다

더러는 검은 산의 잔해였거나
농부의 호미 끝에 드러난 돌멩이였을 터
수레바퀴처럼 부서진 이야기가

모래 알갱이의 섬을 이루었으니

파도가 새기고 간 풀등은

쿠시나가라에 쏟아졌던 성자의 사리처럼 순결하다

노고단에서

산에 드는 마음을 무엇이라 할 것인가
빗줄기가 그친 사이
운무를 헤치고 산정에 올라서면
산은 침묵의 경전처럼 성스럽다

계곡의 물소리는 산의 입을 막았고
운무는 산의 길을 지웠다
바람과 초목의 숨소리만 살아서
진언眞言처럼 떠돌고 있다

겨울 산은 비장하였고
봄 산은 청순하였으며
가을 산은 화려했고
여름 산은 격정적이다

비릿한 살냄새가 느껴지는 유월의 숲은
침실의 바다처럼 농염하고
거친 빗방울과 구름 속에서
여린 생명을 잉태하고 있다

>

동자꽃, 흰여로, 하늘나리, 비비추, 원추리꽃
푸른 산줄기와 흰 구름의 자식들이
이제 막 시작하는 천상의 서곡처럼
산정의 날을 노래하고 있다

비 내리는 숲속에서

장맛비 쏟아지는 날
지난 세상에서의 못다 한 사랑처럼
빗줄기가 쏟아지는 날
비안개 자욱한 고개를 넘고
감자꽃 저무는 산촌의 외딴집을 지나
그곳이 어디인지 모르지만
비에 젖은 나뭇잎처럼 길을 떠납니다

그대 혹시 쏟아지는 빗소리를 기억하시는지요
호분처럼 하얗게 분칠한 다래나무 잎을 적시고
백당나무 꽃 속에 숨어든 빗방울의 노래를 아시는지요
목덜미를 파고드는 비의 키스를 느껴 보셨는지요
어떤 이가 말했습니다
비는 나무처럼 서서 일생을 마치는 종족이다
비의 묘지로 나무가 우거진 숲만 한 곳이 없다
하지만 숲은 비의 묘지가 아니라
수직의 삶을 고집하며 떨어지는 비의 침실입니다
쏟아지는 빗줄기의 육신이 산산이 부서지는 순간
나뭇잎은 화관처럼 몸을 떨며 전율하고
대지는 풋풋한 살냄새를 피워 올립니다

>

모든 존재가 갈망하듯 서로에게 스미는 찰나

숲속에는 환희와 탄성의 소리 가득하고

존재는 우주와 한 몸으로 교감하듯 충만해집니다

이 더운 날에 못다 한 사랑을 나누듯 쏟아지는 빗소리
를 들으며

맨몸으로 쏟아지는 비를 맞는 산천초목이 되어서

사랑의 화음에 마음을 적셔 봅니다

산촌 기행

감자꽃처럼 순박한 꽃이 또 있을까
청파가 옷섶을 풀어헤치고 마을 안길까지 내려온 유월
강원도 산촌에는 하얗게 감자꽃이 피어 있다
아무도 눈여겨보아 주지 않지만
감자꽃은 저 혼자 온 밭을 푸짐하게 채워 놓는다
오랜 세월 땅을 일구며 살아온 사람들의 마음이
고스란히 담겨 있는 듯
감자꽃을 바라보면 마음이 절로 푸근해진다
감자꽃은 그저 수수하기만 한 꽃이지만
들녘의 조붓한 언덕길에서 내려다보면
꼭 은하수가 내려온 밤하늘 같다
평범한 것들이 물결을 이루며 피워 낸 아름다움일까
그 희한한 매력에 절로 발길이 멈춰지고
마음은 외딴 산자락의 오막살이를 찾아간다
무너진 헛간에는 오래전 유물이 되어 버린
쟁기 써레 코뚜레 멍석 둥우리가 거미줄을 뒤집어썼고
다 늙은 노친네가 우두커니 먼 산을 보고 있다
적막한 한낮의 무망함을 오줌단지처럼 툇마루에 앉아서
산밭의 감자꽃을 바라보고 있다
옛 토기에 새겨진 무늬처럼 죽죽 그어 내린 밭고랑들

그곳에는 가파른 고갯길을 넘어온 한 사람의 생애가 있다
한 고개 넘어 또 한 고개,
감자꽃은 초롱초롱 눈물을 머금고 상여꽃처럼 피어 있다

라벤더꽃이 필 때

보랏빛은 슬픈 사랑을 떠올리게 한다
꽃밭에 가면 마음이 들뜨기 마련이지만
보랏빛 라벤더밭에 가면
발길이 멈춰지고 마음이 서늘해진다
아련한 기억 속의 바람 한 줄기가 살아나
가슴 한 곳을 스치고 간다

나의 생은 어느 길목을 지나가는 것일까
아침에 또 한 사람의 부고가 날아왔다
그의 향기는 라벤더꽃처럼 깊고 슬펐지만
소멸은 무정하고 냉정한 법
잠시 피었다 지는 꽃처럼 잊힐 것이다

2천 미터의 고봉이 펼쳐지는 설산에 가면
한 철을 짧게 살다 가는 꽃들의 나라가 있다
시린 눈송이들이 후두둑 떨어지고
홍적기의 밤처럼 무거운 침묵이 흐를 때
그 시간의 파문을 견디며 살아난 꽃들이
축일을 열고 어여쁜 노래를 부른다

생은 눈부시게 피었다가 소멸하는 꽃들과 같으리라

내성천에서

강물은 소금쟁이와 다슬기 해오라기를 키웠다
버드나무와 박주가리 고마리꽃을 키웠고
천둥을 사랑하고 가문 날의 태양을 용서하며
강물은 모래무지처럼 날쌔고 미끈한 아이들을 키웠다

납작납작 호박돌을 키우고
둥실둥실 흰 구름을 키우고
하늘하늘 물안개를 키우고
소곤소곤 저녁놀을 키우고

슬픈 날에는 혼자서 흐느끼고
먼 길은 묵묵히 돌아가고
더러운 것들은 소용돌이치며 밀고 가다가
흔적도 없이 빈자리만 남겨 놓는다

가난을 업신여긴 자들이
강물을 팔아서 뱃속을 불렸지만
모두가 떠나간 자리 상처투성이 속에서
강물은 금싸라기 같은 모래를 혼자서 키운다

제3부 청물 드는 가을 바다

백양사에서

그대에게 묻는다
지금 백양의 산빛이 어떤 것이냐고

영천암을 휘감고 내려온 붉은 노래가
만암 스님 연못에 쏟아져 내리는데

그대에게 묻는다
지금 백양의 바람 소리가 어떤 것이냐고

비자나무 숲을 지나 천진암 사립문을 지나
사하촌에 몰려든 아낙들의 입술에 이르기까지
주문처럼 쏟아져 내리는 붉은 언어들

고불古佛의 옛 주인은 운문雲門으로 돌아갔는데
지금도 흰 양의 울음소리 뜰 앞에 쌓여 가고 있느냐고

그대에게 묻는다
지금 이 경계가 어떤 것이냐고
황홀하게 아름다운 것이냐고
적막하게 쓸쓸한 것이냐고

청물 드는 가을 바다

그대는 아는가
청물이 올라오는 시월의 남쪽 바다를
그리운 것들이 푸른 물굽이를 타고
일렁거리는 수평선 너머
바람에 날리는 스카프처럼 찾아오고 있음을
나는 작은 배를 타고 바다를 건너
망망한 바닷가 절벽, 등대섬으로 가리
그 바다에 가서 청물이 올라오는 물빛을 보며
알 수 없는 옛사람의 소식을 기다리리
챙이 넓은 흰 모자를 쓰고
가냘픈 모습의 여인이 되어서
바위틈에 피어난 보랏빛 꽃처럼 기다리리
청물이 드는 바다에는
슬픈 빛깔의 노래가 있고
못다 한 사랑의 표시처럼
외롭게 서 있는 하얀 등대
그 너머로 붉디붉은 노을이 지고
뱃사람의 노랫소리 섬 그늘에 스밀 때
나는 돌이 된 사랑 이야기처럼

등대 아래 한 여자가 앉아 있는

저녁 바다의 풍경이 되리

달궁에서

늦가을 숲길은 마지막 연서와 같다
그대를 보내는 나의 마음이 그러하리라
허공에서 떨어지는 슬픔처럼
홀로 떨구어 내는 말들은 무성하지만
단 한 번 절정으로 타오르던 사랑 하나를
정녕 그대 곁에 남겨 두지 못하였으니
차가운 물가에서 옷을 벗는 단풍나무처럼
사랑의 끝자리는 시리고 아프다
서릿발 같은 바람이 불고
계곡의 물소리가 달빛처럼 여위어 가는 날
깊은 산골 저물어 가는 시간 속으로 흘러왔으니
사랑도 첫 물 들기 시작하던 때
그 숲속의 날들이 그리웠으리라
자연의 시간에 겨울이 배치되어 있듯이
사랑의 시간에도 헐벗은 산을 넘어야 할 때가 있다
직류로 쏟아지던 여름의 이야기를 지나
눈보라의 시간을 견디어야 할 시절
홀로 된 나무처럼 외로이 서서
봄날의 노래를 꿈꾸고 있으리라

가을 바다

내 유년의 유토피아는 가을 바다로부터 왔다
진종일 언덕에 앉아 바라보면
바다는 세상의 모든 색을 거부하고
군청색의 눈물을 풀어 놓은 듯
밝지도 어둡지도 않은 내면을 간직하고 있었다
왜 그토록 가을 바다 앞에서
쓸쓸해지고 싶었던가
슬픈 어제 같기도 했고
뜻 모를 오늘 같기도 하고
손에 잡히지 않는 내일 같기도 했던
바다의 빛깔
그런 날은 철없는 소년처럼
뜰망 배 한 척을 타고 먼바다로 가서
가을 바다 한 폭을 손수건처럼 건져 올려
가슴에 안아 보고 싶었다

가을의 빛

가을의 빛이여 그대는 어디에서 오는가
이슬 젖은 들녘의 풀섶에서 오는가
풀여치의 여윈 울음소리에서 오는가
둠벙에 스미다 가는 마알간 하늘빛
끝 모를 그리움에서 오는가

그 옛날 내가 벌거숭이처럼 우쭐거릴 때
등 뒤에서 웃던 흰 구름이여
긴 그림자 산그늘에 저물고
굽은 밭고랑 너머 석양빛이 흩어질 때
나의 가슴에는 알 수 없는 노래가 흘렀으니

가을의 빛이여 그대는 어디에서 오는가
돌아갈 수 없는 시간 속에서 오는가
멈춰지지 않는 운명의 굴레에서 오는가
나 이제 두려움 없는 열망의 노래를 안고
닿을 수 없는 저 찬란한 시간 속으로 가나니

그리웠던 청춘의 날들이여
종착지를 모르고 떠도는 여행자처럼 흘러가노니

지난날 황홀하게 안아 주었던 가을의 빛이여
황금빛으로 익어 가는 들녘의 노래를
가슴 깊이 껴안아 다오

강릉 바다

위로가 필요할 때 강릉에 간다
대관령을 넘어가면 친구처럼 반겨 주는 바다
무너지고 흩어졌다 달려오는 물보라는
젊은 날 부르던 청춘의 송가와 같다

사랑의 맹세가 모래알처럼 쓸려 간 곳
서러운 마음에 손을 내밀면
바람은 반가운 소식처럼 옷깃을 펄럭이고
옥색 물비늘이 햇살에 뒤척이며
작은 엽서처럼 가슴에 스민다

붉은 벼랑길을 따라가면
신라 적 어느 노인이 젊은 부인의 미색에 반해
절벽의 꽃을 꺾어 수줍게 바쳤다는데
단옷날이면 만신들이 그 노래를 부르며
보름날 쏟아지는 달빛 아래 혼인 굿을 펼친다

바다는 견고한 것들이 몸을 풀어 해후하는 곳
소멸되지 않은 노래가 추억을 이끌고
옥계리 솔숲 너머 출렁이는데

비로소 도착한 강릉 바다의 끄트머리
이별한 사랑마저 호명하기 좋다

산국山菊

나는 오늘도 국화꽃을 꺾으러 도마리에 간다
떠돌다 머물며 그대랑 한세상 꿈꾸던 곳
잔등에 풀들은 나물 잎처럼 푸르지만
나의 마음은 깊은 산골짜기를 헤맨다

풀벌레 소리를 타고 찬 이슬이 내리던 날
하늘빛은 얼마나 투명하랴
햇살도 바람도 영嶺을 넘어가던 흰 구름도
산국을 꺾던 그대의 손등을 스치고

펄펄 눈이 내리면
국화 술이 익을 것이라고
산간 마을로 오는 길이 끊기고
바람 소리가 골짜기를 메우면
승냥이 떼 우는 밤도 깊을 것이라고

그대는 취한 듯 걸어온
나의 길을 보지 못했을 터
그대가 울며 그 길을 돌아서던 날
나 홀로 길 위의 나그네가 되었으니

\>

나는 마른 산국 한 다발처럼
천장에 매달려
그대가 오지 않을 빈집을
휘감고 도는 향기가 되었으니
오늘도 가여운 넋은
산국 피는 길섶을 서성인다

칠산팔해七山八海

산이 타오르듯 단풍잎이 타오르더니
산이 무너지듯 단풍잎이 떨어진다
갈 곳 없는 어린 양처럼 가을 숲을 두리번거리다
어느새 해 질 머리 찬바람 속에 서성이고 있나니
구름 언덕의 바람꽃처럼 칠산팔해를 떠돌다가
천석고황이 깊어 어느 산사의 객승처럼 덧없다

세월을 흐르는 구름이라 할 것인가
흔적 없는 바람이라 할 것인가
붉게 물든 나뭇잎 몇 개 가지 끝에 남아서
창백한 가을 햇빛 아래 여린 숨을 쉬나니
인생의 몇 날이 웃음이었고 몇 날이 서러움이었을까

사는 일이 툇마루에 뒹구는 모과처럼 슬퍼졌을 때
나는 또 한 사람의 순례자가 되어서
어느 산사의 오솔길을 따라
낙엽 지는 가을 숲으로 걸어가나니
돌아보지 마라 세월이여
마지막 인사마저 눈물이구나

반야사 가는 길

사방이 첩첩하여 산이 외롭다
후회도 미련도 없이 깊어진 골짜기
긴 그림자 하나 이끌고
가을 산을 걷는다
월유봉 지나면서 생각했다
달빛에 스민 강물처럼
흔적 없는 시간 위를 걷고 있다고
백화산 지나면서 생각했다
봄 위에 겨울 눈이 내려앉듯이
쓸쓸하게 잊어 버리자고
바람이었거나 햇살이었거나 구름이었거나
한 줌밖에 남아 있지 않은
십일월의 오후
잊힌 소식들이 불현듯
옷깃을 여미고 떠오르는데
텅 빈 절간의 탑 위에
낮달이 흐른다

홍류동에서

계림에서의 날들은 누런 나뭇잎처럼 빛이 바랬다
변방의 성들은 날마다 무너졌고
파발이 흙먼지를 일으키며 서라벌로 향했으나
조정은 문란하고 황음에 빠진 지 오래였다
들판에는 검은 연기가 피어오르고
골짜기는 쓰러진 군마와 병장기로 어지럽고
병사들은 계집들의 서답처럼 버려져 있다

강 언저리 포구에서 들려오는 소문은 흉흉하고
산을 넘어온 바람은 죽음의 냄새를 토해 낸다
어찌할 것인가 왕도나 민촌이나 악이 없는 곳이 없고
난세의 문사가 붓을 들었으나 다듬이소리처럼 쓸쓸할 뿐
세상의 길은 요지부동으로 끝이 보이지 않는다
오호라 때를 만나 풀잎들이 눕고 풀잎들이 일어서듯이
사나운 도적 떼로 변한 백성의 마음을 막을 수 없으니
홀로 이 산중에 들어 작은 초막에 의지할 뿐
글을 아는 선비의 길은 초라하고 한스럽다

여름 가야산은 풋내가 가득했고
가을 숲에서는 메마른 향기가 처량하다

귀 기울여 소리의 근원에 닿고 싶었으나
바위가 갈라진 길을 따라서 물소리만 맹렬하다
소리의 끝은 날카로운 것 같기도 하고
쏟아진 구슬 꾸러미처럼 둥글기도 하고
깊은 산중의 일처럼 묵묵부답이기도 하다
소리는 어디에서 와서 어디로 가는가
소리가 찾아가는 고향은 어디인가

홍류동 계곡에 앉아 물소리에 젖는 날은
세상의 시비가 멈추었다
쏟아지는 햇살이 물보라를 일으키자
소리의 나신이 신기루처럼 피어오른다
소리는 부서져야 사는 목숨 같기도 하고
신생의 골짜기로 달려가는 욕망 같기도 하다
소리로서 오롯이 성벽을 이룬 나라 가야산
물소리가 산을 울리고
소리는 더 깊고 아득한 곳으로 몸을 감춘다

가을 산정에서

가을 산정에 부는 바람은 사랑을 잊었다
가을 산정에 부는 바람은 추억을 잊었다
가을 산정에 부는 바람은 그리움을 잊었다

바람은 다도해의 섬들을 지나 불어오기도 하고
대숲 우거진 남도의 고샅길을 지나 불어오기도 하고
내 마음속 황량한 묵정밭에서 불어오기도 하지만

햇살과 바람과 붉은 노을의 빛깔까지
흐느끼며 존재하는 가을 산정의 오후
거기 가지 못한 길이 있다
눈부신 억새꽃의 물결 속으로
가지 못한 길의 마음이 생생하여 아프다

떠나지 않고서는 견딜 수 없었던 날들
순정은 모가지를 빼고 흔들리는
은빛 억새꽃의 물결처럼 찬란한데
애오라지 가냘픈 노래가 흐느끼고 있다

사랑을 잊었다고 하지만

그리움을 잊었다고 하지만
잊혀진 시간이 출렁이고 있다
산에도 들에도 저무는 바다의 옷자락 위에도
눈부시게 쓸쓸한 바람의 노래

가을 산정에 부는 바람은 나를 잊었다
가을 산정에 부는 바람은 너를 잊었다
사랑도 정염도 모두 잊어서 홀연하다

어느 가을날

가을의 뒷모습을 보기 위해 길을 나선다
감추어 두었던 사연들이 설움에 겨운 듯
슬픈 노래가 되어 흐른다
저물어 가는 것인지 떠나가는 것인지
가을의 길에는 황량함이 가득하다
누군가의 뒷모습을 본다는 것은
얼마나 쓸쓸한 일인가
나무도 숲도 들길도
모두가 자신의 뒷모습을 보여 주어야 하는 시간
어느 일가가 검은 옷을 날리며 산으로 간다
하늘을 뒤덮고 있는 우울한 장막들
양귀비꽃처럼 붉은 해가 구름 속을 가는데
부산해진 하직 인사를 파하고
산모퉁이에서 흰 연기가 피어오른다
꽃봉오리처럼 향기로웠던 때도
한 줌 연기 속에 사라지고 만다
탄식처럼 식솔들의 밥상 위에 찾아온 임종
가을 숲에는 온갖 빛깔들이 무너져 내리고 있다

호수

그리움으로 가득한
호수 하나 갖기를 염원하였다

무성한 청춘의 날들이 사라져 가는 날
호수처럼 고요해지는 마음

슬픔으로 차오르는 호수 같은
시 한 편 갖기를 염원하였다

인생이란 흐르기 마련
흘러서 강물처럼 어느 하구에 닿기 마련

어느 산중에 조용히 머물러
그대의 물빛 그리움을 안고 사는 눈동자 같은

저녁 하늘 아래 흔들리는 나룻배처럼
작은 호수이기를 염원하였다

곰배령에서

가을꽃이 피었구나
폭염이 쏟아지고
천둥이 울고 가고
몇 차례 소낙비가 스치더니
바람처럼 여리게 가을꽃이 피었구나
다정한 친구도 없이
울어 줄 연인도 없이
계절의 능선 위에 서 있나니
가냘프구나 가을꽃이여
그대의 슬픔이 흔들리는 푸른 하늘 너머로
찬 이슬이 내리는 가을 앞에
목을 빼고 나는 죄인처럼 서 있나니
산등성이에 피어오르는 흰 구름과
종소리처럼 맑은 햇살 한 줌이
나의 이마 위에 잠시 쉬어 가게 해 다오
지나온 날들이 패장초처럼 눅진하였을지라도
나 이제 아무도 불러 주지 않는 능선 위에
홀로 서 있나니
물푸레나무 숲을 스치는 바람 소리와

저녁 하늘에 뜨는 이른 별빛이

나의 등 뒤에서 잠시 쉬어 가게 해 다오

효대에서

한 사람의 나그네가 묻습니다
그대 저녁 산사에 울리는 종소리처럼
슬퍼해 본 적이 있습니까

슬프기도 하고 막막하기도 하고
불면의 시간처럼 아득하기도 한 세상사
어떤 이들은 속세에서의 번민을 여의려고
머리 깎고 산으로 들어가기도 하였습니다

잎이 피는가 싶더니
어느새 잎이 지는 가을이 되었습니다
온 산빛이 붉게 타오르며
긴 탄식을 늘어놓은 듯합니다

산이 산이 아니고 물이 물이 아니듯이
지난날 저잣거리를 헤매던 발길에는
미혹한 것들이 너무 많았습니다
돌이켜 보면 뼈아픈 후회가
모과나무의 마른 잎처럼 쓸쓸해졌습니다

\>

갈 곳 없는 저녁 새

텅 빈 암자의 처마를 찾아가듯

선원의 죽비 소리 산그늘에 스며들 때

연비하는 길손의 마음에도

피안의 감성이 묻어납니다

구월의 노래

구월의 노래는 어디에서 오는가
여름이 가고 가을이 오는 어디쯤인가
꽃잎이 피고 꽃잎이 지는 어디쯤인가
지난날 우연히 사랑을 예감했듯이
또다시 이별을 예감하는 때
해마다 들려오는 구월의 노래는
탄식하듯 알아 버린 인생의 뒤안길이 있어
저만치 흔들리는 가을꽃처럼 서늘해진다
마음이 홀로 먼 하늘가로 떠도는 날
다가올 계절의 스산함을 헤아려 보나니
구월의 길섶에서 만나는 생각은
모두 정처가 없다
영글어 가는 수수밭 사이로
흰 구름이 스치고 가는 날
들녘은 온통 흰 광목을 펼쳐 놓은 듯
백색의 물결을 이루었으니
산모퉁이 흐드러진 메밀밭은
나그네의 마음을 달래기에 좋다
저 홀로 수줍게 흐드러진 사랑처럼
마지막으로 피었다 지는 꽃자리

찬란하게 사라져 갈 가을을 그리며
구월의 노래를 나직이 불러 본다

지리산에서

한 사람이 이 길을 걸었다
무지랭이들이 넘었던 길이었다
등짐을 져 나르던 나무꾼이 걸었고
장 보러 가는 아낙들이 걸었고
몸을 숨기러 가던 어떤 이들이 걸었다
이 길을 걸었던 사람은 모두가 그렇게
이 길에 핀 풀꽃이나 돌멩이처럼
순박한 존재였다
그도 순박한 사람이었다
낮은 곳에서 태어나
가장 높은 곳까지 올라갔으나
주저 없이 자신의 고향으로 돌아간 사람,
논에 벼들이 베어지고
느티나무가 단풍으로 물들어 가던 날
그가 이 길을 걸었다
그때 동행했던 누군가 이 길을 걸어갔을
옛사람의 세월을 말했던 모양이다
그가 빈 논두렁에서 말했다
"길을 가다 옛사람들의 이야기를 만나게 되면
온몸이 전율하게 되지요"

그렇듯 그는 이름 없는 민초들의 이야기에도
전율할 줄 아는 사람이었다
그가 한 시대를 전율하듯 살다가
지리산 골짜기를 떠도는 중음신의 외로움으로
고달픈 역사의 고갯길을 넘어갔다
다시 세상에는 아무런 일도 없었다는 듯이
가을이 왔고 들판에는 벼가 익어 가고 있다
다박다박 메주 덩어리를 만들어 가듯
산속으로 숨어들어 온 사람들이
쌓아 올린 다랭이 논들
그 눈물겨운 세월이 올해도
잔치를 벌이듯 노랗게 물들어 가고 있다

포카라에서

영원할 것 같던 사랑은 흘러가 버렸고
사랑곳트의 아침엔
안나푸르나의 영봉이 오늘도 빛나고 있었네
눈부신 설산의 노래는 변함이 없지만
세상의 길 위에는 이별과 슬픔이 교차하였네
"넷삼 삐리리 넷삼 삐리리
우레라잠끼 다라마번쟘 넷삼 삐리리"
포카라로 넘어가던 가파른 고갯길
하곳길 아이들이 부르던 노래
추수가 끝난 빈 논에는 갈맷빛 바람이 스치고
어디선가 들려오는 노랫소리에 끌려
산 너머로 무작정 걸어갔던 길
그곳에 마차푸차레의 신성한 딸들이 내려와
남루한 옷깃을 날리며 노래하고 있었네
"비단옷처럼 팔랑팔랑 춤추며
저 산에 날아가고 싶어라
비단옷처럼 팔랑팔랑 춤추며
저 골짜기에 날아가고 싶어라"
가난은 바위처럼 꿈쩍도 하지 않지만
한결같이 설산을 꿈꾸며 노래하는 영혼들

그곳에 잃어버린 나의 꿈이 있었네
부르지 못한 노래가 있었네
떠나오지 못한 길이 있었네

그리운 여행자

어느 날 내가 갈 곳 없는 나그네가 되었을 때
그대는 저무는 들길
물소를 타고 돌아오는 소녀가 되어라

어느 날 내가 빈털터리 가난뱅이가 되었을 때
그대는 동트는 새벽
황금빛 가사를 걸치고 걸어오는 탁발승이 되어라

어느 날 내가 지친 순례자가 되었을 때
그대는 저녁 안개 내리는 호숫가
흔들리는 나룻배가 되어라

저녁별처럼 외롭고
바람 한 줌처럼 가벼운 영혼이 되었을 때
그대는 사원의 돌 틈에 피어
수줍게 흔들리는 작은 꽃이 되어라

두 뺨에 흐르는 눈물을 따라
사랑이 흐르던 시절이여
내 곁을 흘러갔던 흰 구름이여

시냇가의 물줄기여

나의 기억 속에는 아직도
향기로운 꽃들이 무성하고
나의 기억 속에는 아직도
황혼의 새 떼들이 날아오르고

들녘에서 메아리치던
그대의 목소리를 따라서
낡은 처마 밑에서
저녁연기가 피어오르던 날
나는 가난한 영혼이 되어서
그대의 눈물 속으로 돌아가리
그리운 것들이 애처로이 손짓하는
시간 저편으로 돌아가리

제4부 동백꽃 질 때

교동도喬桐島에서

교동에 가서 보았다
회한 같기도 하고 후회 같기도 한
낡은 집들이
시간 속에 정지되어 있었다

먼 산에서 들리던 부엉이 소리
흐릿한 기억 속의 풍경
초가지붕, 사립문, 흙바닥의 정지간, 물동이
토방 아래 강아지, 헛간의 염생이, 닭, 오리, 도야지
아이들은 그 모든 새끼들과 함께 자랐다

산을 넘어 학교에 갈 때는
멸공소년단 대열 속에 있었고
도라꾸가 흙먼지를 날리며 지나갈 즈음
초가집은 양철집으로 바뀌었고
돌각담은 부로꾸담으로 변했고
누나들은 식모살이하러 갔다

그렇게 흘러간 세월이 40년
믿어지지 않는 세월의 무늬를

교동에 가서 보게 된 것이다
사원의 첨탑처럼 멋을 부린 양철 지붕 장식들
뻥끼 칠이 벗겨지고 비바람에 찌그러졌지만
집들은 순식간에 나를 이끌고
유년의 시간 속으로 간다

교동은 강물이 실어 온
시간의 퇴적지
통경강을 따라 흐르던 뱃길에는
쫓겨난 왕실의 피붙이들이 수장되었고
폐주 연산이 빠져 죽었다는 우물에는
나무뿌리가 거꾸로 박혀 있다
장날이면 갯바닥을 걸어 연백 땅을 오갔다는 곳
사변 통에 잠시 눌러앉았다가
고립무원이 된 곳
그 세월이 안겨 준 선물인지
버려진 시간이 미라처럼 누워 있다

유물 같기도 하고 추억 같기도 하고
백골 같기도 한 시간의 흔적들

암실에서 드러나는 추억의 영상처럼

뚜렷해지는 기억

파장 무렵에 부는 소소리처럼

허전하고 쓸쓸하지만

조수가 넘나드는 갯고랑 너머

그 옛날 고향이 있었다는 무정한 이야기

사라지지 않고 존재하는 것은 어느덧 눈물이 되어 흐른다

축령산 임종국 비문 앞에서

바람이여, 내 눈물을 데려가 다오
동짓달 마른 가지 끝에 머물다 가는 햇살이여
차디차게 식어 가는 나의 가슴을 어루만져 다오
목신木神에 들리었다가 굳어 버린 육신
나의 노래는 오래전에 허공 속에 흩어져 버렸으니
호사롭구나 아름다운 이름이여
숲내음길, 산소숲길, 하늘숲길,
저승길까지 찾아오던
채권추심의 통고장을 알기나 하겠는가
빚쟁이들 톱날 아래 산이 울던
그날을 기억이나 하겠는가
나의 숲은 나의 기쁨이었다가
나의 눈물이 되었던 곳
축령산을 넘어와 탄식처럼 휘감고 도는
겨울 숲의 바람 소리여
내 눈물을 데려가 다오

겨울 원대리에서

겨울 자작나무 숲은 쓸쓸하다
황금빛으로 일렁이던 노래가 사라지고
앙상한 가지마다 삭풍이 울고 갈 때
밀어처럼 속삭이던 청춘의 날도 가고 없다

메마른 바람 소리가 떨고 있는
순백의 자작나무 숲에서
시간의 어떤 굽이를 넘지 못하고
울먹이고 있을 때가 있다

미농지처럼 창백한 겨울의 한복판에서
지난 시절 누군가의 이름을 부르며
시린 나목의 어깨를 쓸어 안아 본다
분분하게 눈발이 쏟아지던 날이다

유석을 그리며

그는 농담처럼 왔다가
농담처럼 갔다

산수동 오거리
잣고개로 향하면
물 빠진 야전잠바를 걸치고
쓸쓸한 사내 하나 걸어갈 것 같은데

계림동 철길 따라
농장 다리까지
담뱃불 깜빡이며 걷던
청춘의 건널목

이 프로 부족한 시인이었고
이 프로 부족한 광대였고
이 프로 부족한 선동가였고
이 프로 부족한 가장이었다

찔레꽃이 피면 생각날까
오동꽃이 지면 생각날까

그의 파안대소
그의 너스레
그의 페이소스

그는 헐렁한 바람처럼 왔다가
헐렁한 바람처럼 사라져 갔다

바람처럼 강물처럼
—망월동으로 가는 유석을 기리며

그예 벌써 바람이 되었는가
그예 벌써 강물이 되었는가
무엇이 그리도 급해서 한마디 말도 없이
찔레꽃처럼 싸늘히 누웠단 말인가

장성 사거리 양조장집 아들로 태어나
화순 모후산 텅 빈 골짜기까지
그대가 넘었던 서른여덟의 짧은 생애
참으로 야속한 세월이었구나
참으로 박복한 세월이었구나
80년 오월, 교복을 입은 채 도청을 지켰고
전남대에선 2만 학우를 울고 웃기던 문화선전대였고
가투에선 선봉이 되어 얼굴에 최루탄이 박히고
그대, 청춘을 고스란히 광주에 바쳤지
가슴에 빛나는 꽃이라도 한 아름 안았으면 좋으련만
이름도 명예도 그 무엇도 바라지 않았던 친구여
오지랖이 넓어서 대소사엔 궂은일 마다 않고
어느 별의 광대처럼 정이 많아서
헤픈 웃음으로 살던 친구여
이제 누가 있어 그대의 못다 한 노래를 부르리

누가 있어 순정 어린 눈물로
이 각박한 세상을 살아 주리

남보다 앞서기 위해 책을 읽지 않았고
남보다 잘살기 위해 궁리를 세우지 않았던
지지리도 못나고 실속 없던 친구야
수틀리면 밤 봇짐을 싸고
하루아침에 얼굴 바꾸고 살아가는 세상인데
어찌 그리도 순진하게만 살았드란 말이냐
그대 잘하던 허튼소리 허튼 가락처럼
세상은 그렇게 허술하지가 않거늘
세상은 그렇게 따뜻하지가 않거늘
누구 하나 손 내밀어 주지 않는 얼음판 같은 세상을
홀로 해매었단 말인가
출판사에서, 보험회사에서, 대동문화연구소에서
호구지책 삼아 뛰어다니던 너의 어설픈 살림살이가
얼마나 죽을 둥 살 둥 각박했으면
공공근로 노임처럼 비참하게 했으면
그 삶이 얼마나 버거우면 남몰래 가슴병을 앓다가
산바람 한줄기에

꽃처럼 쓰러졌단 말이냐
형제도 친구도 우정도 모두가 허울뿐
너는 그런 세상을 살다가 갔구나
너는 그런 세상을 사랑하다 갔구나
슬퍼해 줄 검은 옷 한 벌 남기지 못한 채
알뜰한 적금통장 하나 남기지 못한 채
겨울 찬바람을 막아 줄 집 한 칸을 남겨 두지 못한 채
그렇게 박복한 세상을 살다가 갔구나
그렇게 쓸쓸한 세상을 살다가 갔구나
이제 누가 있어 너의 아내와 이 어린 자식들을 건사한
단 말이냐
이 무정한 사람아 보고 있느냐
이 통곡의 바다를 지켜보고 있느냐

그러나 친구여
산 사람은 산 사람의 길이 있기 마련
이제 이승에서의 미련일랑
훌훌 떨쳐 버리고 편히 쉬거라
얼마나 고단한 삶이었더냐
얼마나 마음 졸였던 삶이었더냐

얼마나 슬픈 아리랑 고개였더냐

하늘나라에 가거들랑 다른 일 다 그만두고

너희 아내와 토끼 같은 너희 딸 유화 유소이 앞길에

환한 빛이 되어 주거라

따뜻한 바람이 되어 곱게 곱게 자라도록 보살펴 주거라

그리고 어느 봄날 새싹이 움트는 청라언덕에서

다시 만나자꾸나

그곳이 저승이라도 좋고 이승이라도 좋으니

못난 친구들 불러 술잔을 나누며

못다 한 이야기를 나누자꾸나

바다가 보고 싶거들랑 20년 전처럼

목포행 완행열차를 타자꾸나

덜컹거리며 덜컹거리며

우리들 세상으로 가자꾸나

잘 가거라 이 무정한 사람아

설야행雪野行

눈이 내리는 날
내 마음은 하염없이 산골로 가리

바람이 불고 하얀 눈이 내리는 날
내 마음은 하염없이 들길로 가리

세상을 지울 듯이 바람이 불고 눈이 내리는 날
내 마음은 하염없이 어느 추억 속으로 가리

지난날 등 뒤에 퍼붓던
한숨도 설움도 잊고
이름 모를 벌판의 모퉁이에 앉아
쏟아지는 눈발을 바라보며 술잔을 비우리

펄럭이는 광목처럼 눈보라가 날리고
언덕 아래 풀들이 아이처럼 울 때
세상의 일이란 다 그렇게 지나가는 것이라고
아무렇지도 않다는 듯이 그 길을 가리

남도라 천릿길 산과 들과 바다를 돌아

눈이 내리면 석불처럼 눈을 맞고
바람이 불면 푸조나무처럼 바람을 맞고
아무렇지도 않다는 듯이 그 길을 가리

염하鹽河에서

멈춰진 시간의 풍경이
강이 되어 흐른다
추운 것들이 몸을 떨고 있는데
거슬러 오르던 조류마저 힘을 다한 듯
하류로 쏟아져 내린다
연안의 갈대숲까지 차오르던 꿈들이
뒤집혀 아우성치더니
무너진 대오처럼
제멋대로 흐르고 만다

돛배들이 가득했다는 포구
핏빛으로 물들었던 환란의 바다
흙탕물과 오욕의 역사가
염하의 풍경을 안고 흐른다
어진 왕을 욕보이고 일어선 자들이
제 살을 파먹는 독사 떼처럼 앞장서
아직도 거드름을 피운다
오래된 권력은 성벽과도 같고
녹이 슬어도 견고하다

\>

두 강물이 만나서 흐르다가
남북으로 헤어지는 곳
연미정 아래 강물은
아슴아슴하기도 하고
서걱서걱하기도 하다
해협에는 들숨과 날숨이 있고
때가 되면 만나서 소용돌이치다
다시 흩어진다
굽이굽이 철조망 너머 회색빛 풍경이
조용히 흐느껴 운다

동백꽃 질 때

그래, 그러자꾸나 그리 하자꾸나
오는 봄이 다 가도록 뒤꼍에 주저앉아
먼 산 그리메에 눈물이나 젖자꾸나

수밀도 같은 사랑이 좋았으니
소태 같은 이별인 듯 어쩌랴
죽어서 이별보다
살아 이별이 행복이라 하였으니
그 길이 천 길 벼랑 끝이든
시퍼런 창파의 물결 속이든
요령 소리 흐느끼는 북망산보다 더하겠느냐

임진년 윤삼월 남녘 바닷가
가시지 않은 추위가 살을 에더니
얼어 터진 꽃숭어리 하나
밟히고 지나는 길
육탈된 초분의 뼛조각처럼
시들어 가는데

그래, 그러자꾸나 그리 하자꾸나

수정 같은 눈물이 일렁이는 봄 바다에서
자진하듯 자진하듯 이별하자꾸나

전나무

아무도 그를 베어 가지는 못했다
대들보도 용마루도 거부하고
오직 정신으로만 존재하는 나무
곧고 바르고 향기롭고 우뚝하였으니
불면석처럼 산문을 지켰거나
토굴에 든 납자의 도반이었다

산중에 들어
삭발탑에 머리를 조아리던 날
어느 골짜기를 흘러온 바람 소리가
전나무 숲에 가득했다
송뢰처럼 아련히 지새우던 밤
하얀 피를 흘리며
순교자의 마음에 닿고 싶었다

능파각 지나 적인탑에 오르던 길에서
남악의 연봉을 마주하던 금대에서
묘적암에서 성전암에서 일월암에서
어둠에 젖은 흰 그림자에 묻노니
어느 것이 번뇌의 뿌리이고

어느 것이 깨달음의 종자인가
가슴속에 푸른 창검을 세우고 우러르면
산 그림자를 밟고 선 정수리
별빛이 흐르던 삼경쯤이었다

무리를 지어 살지 않는 탓에
그 빛이 홀로 푸르렀고
굽혀 본 적이 없는 까닭에
그 자태 비굴하지 않았으니
바람이 불면 향기를 내려놓고
눈이 내리면 적설의 노래가 되었다
영겁과 찰나가 심주를 드러내지 않으니
오호라 정신으로만 존재하는 나무여

낙숫물 소리에 세월이 흐르고
안개의 발길이 안부를 묻고 가나니
시린 창문을 열어젖히면
입설구법立雪求法의 단비도斷臂圖처럼
뜰 앞에 선 나무 한 그루
말로써는 펼칠 수가 없고

뜻으로는 감출 수가 없는 마음이
잠꼬대처럼 나를 깨우고 간다

정황계첩전말기丁黃契帖顚末記

그 길을 간다
차가운 땅에 아버지가 누워 계신 곳
무등산을 지나고 영산강을 건너고 월출산을 지나
반도의 후미진 자락, 땅끝으로 가는 길
오직 한 가지 끝에 머무는 애달픈 마음으로
동백꽃 피는 소리에 다시 그 길을 간다

한때는 다산이 사무쳤던 길
부르튼 발로 초로의 시골 선비 황상이 걸었던 길
살아서는 서러웠던 두 갈래 사연처럼
운명의 시간이 강물처럼 흘러갔던 길
황상은 열엿새 동안 그 길을 걸어
열수洌水에 머물던 스승을 찾아갔고
병석에 누워 있던 다산은
애제자의 손을 잡고 울었다

신유년 동짓달 적소의 땅에 들어
처음으로 얻었던 어린 제자
황상은 스스로 아둔하고 막혀 있다 했지만
다산은 무릇 공부하는 자는 세 가지 병통이 있으니

기억력이 뛰어나고, 글재주가 뛰어나고, 말귀가 빠른 것이다
그런데 너에게는 그것이 보이지 않구나
둔하지만 파고드는 사람은 한번 뚫리면 거칠 것이 없으니
부지런하고, 부지런하고, 부지런하라고
삼근계三勤戒를 내렸다

말수가 적고 부끄럼이 많던 제자는
이 말을 평생 가르침으로 삼고 정진했다
출신이 미천해 과장科場에 나갈 수는 없었지만
이름다운 시문으로 다산이 사랑했던 제자가 되었다
백적산 아래 움막집을 짓고 은일지사가 되었던 날
스승은 제자의 일속산방一粟山房을 찾아 하룻밤을 지냈다
이른 새벽 제자는 스승을 위해 조밥을 짓고 아욱국을 끓였다
다산이 붓을 들어 시 한 구절을 남겼으니
남원노규조절이요 동곡황량야용이라
"집 앞 남새밭의 이슬 젖은 아욱을 아침에 꺾고
동쪽 골짜기의 누런 조를 밤새 찧었구나"
훗날 추사는 이들의 고결한 만남을 흠모해
노규황량사露葵黃梁社 다섯 글자를 써서 강진으로 보냈다
이슬 맺힌 아욱과 누런 조밥을 먹고 사는 이의 집이라 했

으니

　만덕산 아래 다산 유물관에서 이 글씨를 읽었던 날
　초당의 옛길이 그토록 사무치고 아름다울 수가 없었다

　해배된 다산이 고향으로 떠나간 뒤
　황상은 야인처럼 두문불출 밭을 갈며 살았다
　평생, 일속산방을 떠나지 않았고
　구름 안개 노을을 벗하며 살았다
　마재에 머물던 다산은 세상 밖으로 나오지 않는
　제자가 무정하도록 그리웠다
　그렇게 흐른 세월 18년이 지난 1836년
　황상은 스승의 회혼례에 맞추어 길을 나섰다
　다산은 이미 병이 깊었고
　자리에 누워 중늙은이가 된 제자의 손을 잡고 울었다
　혼미한 중에 제자의 손에 부채와 피리와 먹을 들려 주며
　내가 죽거들랑 먼 길 애써 오지 말고
　산중에서 한 차례 울고, 곡을 그치라고 했다
　그렇게 헤어진 다산은 사흘 후 세상을 떠났고
　남행길에 부음을 들은 황상은
　다시 발길을 돌려 스승의 마지막 길을 지켰다

>

다시 10년 세월이 흘렀던가

을사년 삼월 열닷새 날

기일에 맞춰 스승의 무덤을 찾아온 황상을

다산의 아들이자 벗이었던 학연은 알아보지 못했다

기별도 없이 달포가 넘는 길을 부르튼 발로 들어선 사람

떠돌이 식객처럼 초췌한 모습이었다

어느덧 환갑 즈음 초로의 인생길에서 다시 만난 벗들

임종 전 의발처럼 전해 준 부채 위에

학연은 떨리는 손끝으로 시를 써 내려갔다

이제부터 정씨와 황씨 두 집안의 자손들은

대대로 서로 잊지 말고 왕래하며

오늘의 이 아름다운 만남을 기억하자는 맹세의 글이었다

이것이 바로 눈물 나게 아름다운 이야기

정황계첩丁黃契帖의 전말이다

겨울밤

잠이 안 오는 밤 무얼 할까
밤을 구워 먹을까
고구마를 쪄 먹을까
해묵은 국화주를 한잔 해 볼까
먼지 쌓인 서책을 펼쳐 볼까
루樓에 올라 거문고의 현絃이라도 흔들어 볼까
달빛 내린 뜰을 걸어 볼까
그래도 잠이 안 오는 밤에
수런대는 대 이파리처럼 홀로 깨어
무얼 할까

경허송鏡虛頌

한 사람이 있었다
왕조가 몰락하던 혼돈의 시대
무너져 버린 선禪의 법통을 일으켜 세운 구도자
그의 칼날이 한번 내려치면 산천초목이 울고
그의 법설이 한번 쏟아지면 마른 땅에 강물이 흘렀다
사나울 때는 짐승보다 무서웠고
선할 때는 부처보다 자비로웠고
구름 속의 달처럼 자유롭던 선의 나그네
그는 한 사람의 온전한 시인이었다
두주불사 몽유의 세계에 빠졌으나
그의 언어는 맑고 향기로웠으며 언제나 명징했다

아홉 살에 청계사 불목하니로 들어와
스무 살 시절, 교학의 우두머리가 되었다가
환속한 옛 스승을 찾아가던 길에서
삶과 죽음의 실체를 목격하고
언어의 유희를 폐하였으니
나귀의 일이 가기 전에 말의 일이 닥쳐왔다는 일념
칼끝을 세우고 정진하던 수개월
어느 날 행자가 지껄이는

콧구멍 없는 소 이야기를 듣고 홀연히 깨달았다

이후 광풍처럼 몰아치며 한세상을 주유했으니
숱한 기행과 일화는 거칠 것이 없었다
천장암에서 일대사를 마친 후
연암산 제비 바위에 앉아서 태평가를 부르고
그 노래를 알아주는 이 없다고 한탄하며
어머니를 위한 첫 법석에서 알몸을 드러냈다
한 여인을 연모하여 머슴살이 해촌 만행을 한 후
거친 파도를 만나서 죽을 뻔했다고 웃어 버린 사람!
만취한 낯빛으로 단청 불사를 했으며
지나가던 여인의 입속에 혀를 내밀었고
문둥이 여인을 품어 사랑을 알게 해 주었으니
그 깊이를 알 수가 없고
그 경계를 헤아릴 수가 없던 무애無碍의 여정

그가 선 자리는 언제나 한곳
생멸하는 생각의 뿌리를 잠재우고
허무의 그림자마저 지워 버린 채
허공에 뜬 달처럼 홀로 밝은 깨달음의 길이었다

그 길에서 마조의 할과 덕산의 몽둥이가 되었으니
선의 검객이자 혁명가였다
바람처럼 행장을 꾸려 호서와 삼남의 절집을 돌며
돌장승이 아이를 낳는 묘리를 설파했으니
수월 만공 혜월 한암으로 이어지는 높은 봉우리들이
모두 그의 무릎 아래에서 벼리어졌다

이윽고 때가 이르자
드높은 명성과 안락한 금강좌를 버리고
다시 소를 찾아 진흙 속으로 화광동진했다
그가 가장 그리워했던 자리
봉두난발의 한낱 시인으로 돌아간 것이다
그곳이 어디인가
저 북방의 아득한 산촌, 복사꽃이 피는 마을
유관을 쓴 서당의 훈장이 되어 초동과 노닐다가
빈 거울 위에 임종게를 남긴 뒤
쓸쓸히 자취를 감추었으니
경허선사여, 어디로 가셨나이까
만상을 삼킨 한마음의 주인이 되어
영영 세상을 버리셨나이까

속진의 곡차와 아리따운 이야기들이 그리워
아직도 취하여 꽃 속에 누워 계시는 것입니까

삼가
천장암 솔바람 소리에 그 길을 물어봅니다

흰 동백꽃이 필 때까지

그대 창가에
흰 동백꽃이 필 때까지
잠 못 드는 날이 많으리

비밀스런 사랑을 간직했으니
첫눈처럼 순결한
흰 동백꽃이 필 때까지
눈물 나는 일이 많으리

가난한 마음속에 간직한
격렬한 사랑처럼
뜻 모를 감정이 휘몰아쳐
길 위에서 홀로
외로운 날이 많으리

사랑은 언제나
메마른 대지와 같은 것
모든 색과 모든 소리와 모든 느낌으로
반짝이고 있지만
끝내 완성될 수 없으리라는

불길한 예감 때문에
불안하고 상처 또한 깊으리

오오 사랑은
소망처럼 피어나는
한 떨기 변종의 꽃
단 하나의 빛깔과 향기로운 꽃처럼
비밀스러운 행복이려니

그대의 창가에
흰 동백꽃이 필 때까지
사랑의 골짜기에는 바람이 불고
그리움은 깊으리

산그늘에 대하여
—동백꽃 피는 봄날, 다시 혼례청에 선 아우 윤정현을 위해 작파한
 꿈을 불러 이 시를 쓴다

수양리 산그늘이 내린다

밤늦도록 어머니랑 똑똑 뽕잎을 따던 사래 긴 밭에

이슬 젖은 산그늘이 내린다

팔뚝을 잘라서라도 자식들 공부시키겠다던

아버지가 계신 해인동 동백나무 골에도

산그늘이 내린다

바라보면 눈물뿐인 구강포 앞바다

슬픔처럼 출렁이는 갯머리 둑방길까지

산그늘이 내린다

산그늘에는 갑오년에 객사한 할아버지의 세월이 묻어 있고

산그늘에는 흙집에서 자식을 기다리다 혼자 가신

어머니의 애처로운 눈빛이 묻어 있고

산그늘에는 빚보증으로 전답을 날리고 머슴살이 간

아버지의 한숨뿐인 넋두리가 묻어 있고

산그늘에는 판검사가 되겠다고 논둑길을 걸어가던

한 소년의 아득해진 꿈이 묻어 있고

산그늘에는 어미를 잃고 조숙해 버린

어린 딸의 희망이 묻어 있다

＞
생이란 얼마나 고단한 것이더냐
개바우골 벼랑에 살던 부엉이가
밤이면 내려와 울던 대숲 머리처럼
스산한 바람 소리 잠들지 않았으니
젊은 날에 듣던 너의 일가의 이야기는
떨어진 동백꽃처럼 서러웠다
어머니는 남창에서 뜯어온 서까래로 지은 집에
죽은 뱃사람의 넋이 붙어 있어 흉몽을 꾸었다 했지
어머니의 상여가 나가던 날
물어물어 수양리 윤씨 상가를 찾아가던 날
붉은 흙빛을 띠고 무너져 가던 너의 집을 보았다
석문봉에서 주작산까지 출렁이던 슬픔을 보았다
일어설 듯 일어설 듯 무너져 버리던 세월이
훠이훠이 내리던 산그늘을 보았다

산그늘에 서 본 사람은 알리라
산그늘에 서서 저물어 가는 들판을 바라본 사람은 알리라
산그늘에 묻어 있는 그리움을
산그늘에 묻어 있는 애달픔을
산그늘에 묻어 있는 알 수 없는 세월의 뒷모습을

산그늘에는 아버지의 생애가 있고
어머니의 눈물이 있고
산그늘에는 외롭고 쓸쓸하던 날에
네 곁을 찾아온 한 여자의 순정이 있고
그리고 네가 살아가야 할 미래가 있다

세상이 서러웠거든 이제 그 마음 산그늘에 묻고
우러러 꽃봉오리 환하게 열리는 봄날을 보아라
풍파의 시간을 견디고 새싹을 토해 내는 들녘을 보아라
모두가 지나간 한때의 안쓰러운 추억들뿐
삶이란 얼마나 경이로운 것이냐
고아원에 맡겨졌던 아이가 일등 짜리 교육감상을 타고
형들이 보내준 학비로 대학생이 되고
광주의 오월을 노래하는 시인이 되고
저승의 문턱까지 갔다 사흘 만에 살아난 질긴 목숨이 되고
그리고 이렇게 진달래꽃 화관을 쓴 어여쁜 내자를 얻었으니
삶이란 얼마나 거룩한 것이더냐

산그늘은 저녁연기 피어오르는 돌담 가에서
지어미가 손짓하여 지아비를 부르는 시간

고단한 노동을 끝내고 영혼의 숲으로 들어가는 시간
그리하여 산그늘이 내려오는 때를 기다려
밭고랑에 씨앗은 싹을 틔우고
이슬 맺힌 곡식은 여물어 가고
혼불처럼 날아가 버린 청춘의 시간이 돌아오곤 하였으니
산그늘이 없는 자가 어찌 사랑을 알 것이며
산그늘이 없는 자가 어찌 인생을 알 것이며
산그늘이 없는 자가 어찌 시를 노래할 수 있겠는가

서늘하고도 맑은 그늘
어둡고 우수에 차 있으면서도 순결한 그늘
해 질 녘 어미 잃은 송아지의 눈망울 같은
너의 산그늘
시에 순정을 바쳤으나
한 번도 시를 팔아 식량을 구하지 못했고
직장을 구하지도 명예를 얻지도 못했으며
그저 선머슴 같은 울렁울렁한 가슴만 얻었으니
아직은 너의 노래가 꽃을 피우지 못했다 해도
산그늘에 젖어 눈을 뜨는 수양리 들판의 저녁 불빛처럼
밤길을 지키고 서 있는 아버지의 호야등처럼

잊히지 않는 그리운 마음이 되어라

다시 봄날이 와서
동백꽃 피는 봄날이 다시 찾아와서
눈물 많던 한 사내
순한 짐승처럼 돌아와 산그늘에 앉았으니
지어미는 싱그럽게 이녘의 품속에 안기고
지아비는 다소곳이 내자의 이마를 짚어라
종달새는 종달새의 사랑을 하고
청보리는 청보리의 사랑을 하듯이
씀바귀는 씀바귀의 자식을 낳고
원추리는 원추리의 자식을 낳듯이
지워지지 않을 사랑을 하여라
한 세상 변치 않는 물과 돌과 바람이 되어서
그렇게 사랑의 밭을 일구고 거룩한 산그늘에 서 있으라
오래오래 산그늘 바라보다가
아름다운 시가 되어라

벽계구곡에 가서

세상의 많은 길을 헤매고 다녔지만
말씀으로 닦인 길이 얼마나 향기로운지
겨울 통방산에 들어 잠시 깨닫습니다

물은 스몄다 가기에 물일 수 있다는 말씀
알 수 없는 마음 한 자락을 찾으면
세상의 모든 존재가 찬란하다고 하지만

마음은 벽계의 물처럼 꽁꽁 얼어붙었고
알맹이를 부수어 가루를 만들 수도
물을 부어 떡을 만들 수도 없었으니

겨울 통방산 바람 속에서
다만 차가운 황벽나무를 만지고 온
하루였습니다

유달산에서

오늘도 나는 여행자
추억 속에 묻혀 있는 그 산을 오르네
길 잃은 물새처럼 가여웠던 시절
그대와 그 산을 올랐고
하염없이 밀려오던 바다 안개를 보았지
아아 절벽같이 갈 곳이 없던 시절
그대는 나의 위로가 되었고
안쓰럽게 나를 보며 웃고 있었지
바다로 떠나던 어부의 깃발처럼 펄럭이던 풍경들
그대와 나 사이엔 알 수 없는 시간이 흐르고
어디선가 들려오던 노랫소리가
일등바위 너머 고하도 앞바다까지
자맥질하고 있었지
귀 기울이면 사라질 듯 멀어지고
귀 기울이면 애처롭게 들썩이던
망부석이 된 돌들이 부르던 노래였지
바다를 향해 연모가 많던 시절
뱃전에 부서지는 파도처럼 물거품이 되어
따스히 피가 흐르는 돌이 되고 싶었지
속절없이 저물어 가는 바다를 보며

돌들이 부르는 노래가 되고 싶었지
서른 해가 지났을까
마흔 해가 지났을까
나는 떠도는 여행자
홀로 그 산을 오르며
돌들이 불러 주는 노래를 듣네
안쓰럽게 바라보는 위로도 없이
지금도 그 산을 떠도는 노래를 듣네

구진포에서

북쪽에서 기러기 떼가 줄지어 날아오고
빈 들의 바람 소리 성성하건만
천 리를 떠돌던 시인의 꿈을 실어 오지 못한다
삼학도 바닷물과 영산포 강물이 만나
연인처럼 몸을 섞고 돌아가는 나루터
말 못 하고 헤어진 무어별無語別의 노래처럼
배꽃 사이로 흘러가는 세월은 다시 오지 않고
앙상한 푸조나무 가지에 삭풍이 운다
거문고와 퉁소, 보검이면 족했던 행장
청초 우거진 무덤가에 술 한 잔 따르고
흑마를 재촉하며 떠돌았으니
칼집에는 별을 찌르는 명검이 있고
꿈속에는 귀신이 곡할 시가 있었다
작은 나라에 태어난 운명을 한탄하며
학을 타고 속진의 그물 벗어났으니
슬퍼할 것 없다고 물곡勿哭이라 새긴 유언
서럽게 흐르는 강물은 느러지로 굽이치고
강 마을엔 예 그대로 저녁연기가 피어오른다
해 질 녘 갈대밭에 잿빛 노을이 스미고
무심한 강물 위에 칠흑 같은 어둠이 내리는데

구진포 아랫마을 요절한 옛 시인의 정자에 올라
내 마음이 다만 애처로웠다

부에노스아이레스에서

그대가 밤이라면
나는 낮이에요
그대의 뜰에는 눈이 내리고
나의 거리에는 여름비가 내려요
그곳을 떠나온 후
다시 돌아갈 수 없다면
그대는 자카란다 꽃잎처럼 시들어 가고
나는 무덤가 비석처럼 무정해지겠죠
우리가 사는 세상에는 이별뿐이에요
흐르는 시간만이 나룻배처럼 오고 갈 뿐
우리는 스쳐 가는 작은 물결 같아요
욕망에 사로잡힌 사람들은
오늘 밤도 탱고 춤을 추고
나는 도달할 수 없는 그대의 반대편
부에노스아이레스의 알 수 없는 거리에서
차가운 비를 맞고 있어요
이곳은 지상에서 떠돌다 가는 마지막 거처와 같은 곳
다음 행로는 엽서에 남길 주소마저 부재한
무명의 어둠 속과 같겠죠
인사도 없이 헤어진 우리

우리의 추억이 희미한 이야기처럼 사라진다 해도
그대여 부디 안녕!
마음속의 강물이 또 다른 연안에 닿을 때까지

입동 무렵

눈이 내리리라
메마른 하늘 저편에서 찾아오는 약속처럼
동설령 넘어가는 고갯마루의 슬픈 노래처럼
삼동의 추운 이야기들이 수런대는 대숲 언저리에도
인적 끊긴 산골짜기 외로운 절집 처마 밑에도
그대가 걸어가는 들녘의 희미한 발자국을 따라서
잊혀진 정원에 불던 바람 소리를 따라서
눈이 내리리라
오래된 전설처럼 눈이 내리리라

샹그릴라에서

그대여
이 각박한 속진의 땅에 유토피아가 어디 있으랴만
마음에 흘러드는 노래 한 자락이 있어 길을 나선다

구름 너머 남쪽 머나먼 땅
차마고도가 시작되고 히말라야로 들어가는 첫 관문
매리설산梅里雪山을 우러르는 어디쯤
대륙을 적시는 장강의 세 물줄기가 시작되는 곳에
천년 비경이 있으니
사람들은 일찍이 그곳을
갈등과 탐욕이 사라진 인류의 낙원
샹그릴라라고 불렀다

더러는 유발有髮의 성자가 보았다고 하고
야크 떼를 몰고 설산을 넘어가는
목동이 보았다고도 하고
그곳은 서역으로 가는
티베트의 옛 영토
마음속에 빛나는 해와 달처럼
불멸의 꿈을 불러일으키는 땅

문명에 찌든 사람들에게는 구원의 성소였다

그러나 벗이여
유토피아는 신기루와 같은 것
낙원의 꿈이란
마음속에 존재하는 무욕의 가르침일 뿐
갈망의 종착지에 와서 비로소 깨닫게 되는
상실의 연대기에는
카일라스산의 흰 달빛처럼
아스라한 그리움뿐이다

그렇지만 벗이여
내가 그대를 연모하여
마음속에 걸려 있는 삶의 빗장 하나가
깃털처럼 가벼워질 수만 있다면
푸른 달의 계곡으로 들어가는
허름한 객잔에서 하룻밤을 묵으며
고요하고 평화로운 대지에
뜨겁게 입맞춤하리라

해 설

시는 그리움으로 가는 암호와 같다

김익균(문학평론가)

1

이형권 시인은 누구인가? 시집 원고를 처음 받았을 때 내
게는 시인이 낯설었다. 물론 생활인으로서의 시인이 누구
며 어떻게 살아왔는지는 시를 읽을 때 중요하지 않다. "서
정시를 작가의 자전적 통지라고 읽는 사람은 서정시의 본
질을 잘못 이해하고 있는 것"이라고 한 볼프강 카이저의 언
명을 생각한다면 시인의 이력을 굳이 알고 싶어 하는 것은
잘못 들인 버릇 탓일지도 모른다. 짐짓 외면하는 시늉도 했
지만 여러 가지 의도하지 않은 경로로 시인의 삶은 내게 밀
려 들어왔다.

시인은 1990년 문예지 『녹두꽃』 『사상문예운동』에 시를
발표하였지만 시인으로 활동하지 않았다는 것, 아마 여행

과 관련된 일에 종사하며 살아왔다는 것, 80년대에는 광주 전남대의 교지에 시를 발표했고 〈광주청년문학회〉 활동을 했다는 것 등등.

80년대 광주에서 시를 쓰고 문예운동을 한 청년이 1990년에 시인으로 첫발을 내딛었을 때 그것은 어떤 막막함이었을까. 80년대가 시의 시대였다고 성급하게 말하는 것이 용인된다면 그 시절을 시처럼 살아 내고자 했던 한 청춘과 함께 그 시대는 저물어 갔으리라. 1990년대는 차라리 대중가요의 시대였고, 영화의 시대였고 또 여행의 시대였다. 세계여행의 길이 화려하게 열리자 독자들은 시의 행간을 헤매는 황홀한 기쁨을 잊었다.

그럴 때에 시인은 마음을 추스르며 국토 대장정에 나선 것이리라. 알다시피 그 길에는 숱한 선배들의 발자국이 남겨져 있다. 멀리로는 식민지 시대의 지사들로부터 가까이로는 『목계장터』의 신경림이 있고 더 근접해서는 『포구기행』의 곽재구가 있다는 것을 모를 수는 없었으리라. 이형권 시인은 80년대를 살았던 그 마음으로 90년대를 헤매어 보았으리라. 한 삶을 떠돌며 머물다 얻은 이번 시집 『다시 청풍에 간다면』을 펼치면 삼수갑산에서 노래하는 소월의 목소리가 유홍준의 『나의 문화유산답사기』와 만나는 역사의 합류 지대가 펼쳐진다.

1990년대 시는 '세계화'와 함께 타자들의 무진장한 욕망이 발언권을 주장하였다. 그것은 80년대 민중시 기풍에 대한 '공습'(이수명)이기도 하였다. 이런 시단의 사정에 따라서

민중시의 파토스는 시가 아닌 문화유산 답사의 산문적 흐름 속으로 흘러 들어가게 되었으리라. 이러한 시단의 사정을 놓고 보면 80년대 광주의 문학청년이 2021년의 여행 시인으로 돌아오게 되는 것은 '부자세습이 아니라 삼촌과 조카의 돌연한 계승'으로 언표되어 온 문화사의 공리를 재확인시켜 준 셈이다.

하지만 역시 시인의 삶의 산문적 유추가 시를 오도하게 내버려 두어서는 안 된다. 여행 산문이 여행자가 걸은 길과 보고 들은 경험, 마음이 머문 장소들을 자신의 언어로 써 내려가는 것인데 비해 (여행)시는 생래적으로 그럴 수 없는 것이기 때문이다. 시인은 시의 화자가 아니며 고정된 독자를 상정하지도 않는다. 시인이 상상한 제3의 인물이 이상적인 청자로 마주 앉은 경우조차 궁극적으로 그 목소리는 그 사람을 비껴서 시인도 시적 화자도 아닌 그 목소리가 흘러나온 수원지로 회귀하기를 기원하는 것이다. 여행시는 이러한 시의 속성을 배반하면서 자신을 배반하는 것을 운명으로 받아들인 시로 돌아가야 한다. 시인이 여행시를 써야지라고 생각하는 순간 그것은 혼잣말의 영역을 벗어나며 시인이 아닌 제3의 인물을 내세우려고 하면 그 인물이 제멋대로의 이야기를 들려주기 마련인 것이 시이기 때문이다.

자기가 자기 자신에게 내쉬는 한숨에 자기 아닌 다른 누군가의 이야기가 불현듯 얹어지는 순간 시는 태어난다.

하늘을 나는 물고기와

바닷속을 꿈꾸는 나비

바람에 날리는 룽다의 경전은

설산에 닿을 듯이 펄럭이는데

바라보면 하염없이 눈물이 흐르는

눈부신 설산 아래 푼힐로 가는 길

그대의 달콤한 유혹에 젖어 부르던

하얀 불탑 아래, 맑은 노래 하나

그 노래 속에 감추어진 이야기가

어느 날 석청의 밀랍처럼 열려

낯선 여행자가 잠 못 이루는 밤

다시 이 골짜기에 울려 퍼진다면

—「푼힐 가는 길」 부분

위의 시는 『다시 청풍에 간다면』의 서시序詩로 놓여 있다.
"낯선 여행자"는 무슨 사연엔가 잠을 이루지 못하고 있다.
어디선가 들려오는 노랫소리는 여행자 자신이 내쉬는 탄식
의 미적 혁신이라고 하겠다. 마침내 "그 노래 속에 감추어
진 이야기"가 "열"리는 경이驚異는 벌어진다. 그 순간 "노래
는 빗방울처럼 다락논을 적시고/ 노래는 딸랑이는 노새의
방울 소리가 되고/ 노래는 언덕 위 외딴집의 따뜻한 등불이

되고/ 노래는 황금빛 룽다의 주문처럼 설산을 넘어가리"라는 목소리가 무대 뒤의 코러스처럼 울려 퍼진다. 시인이 자기 자신에게 내쉬는 한숨이 제3의 목소리, 인간의 고단한 역사 위에서 이어져 온 '우리'의 이야기와 만나는 순간에 시의 본령이 있는 것이다.

1990년대 자본의 불야성 대한민국 서울의 도시적 산문성, 욕망에 들린 목소리를 피해 후미진 골목에서 골목으로 골짜기와 포구로 헤매 돌던 시인의 한숨 소리가 우리의 꿈을 싣고 그대에게 가고 있다. "눈부신 설산 아래 푼힐로 가는 길", 그곳은 어디일까? 시집 앞에 새겨 놓은 시인의 경고는 "시에 나오는 지명은/ 내가 사랑한 후미지고 한적한 여행지"라고 밝히면서 "익명성과 미지성"을 지키기 위해 그 위치는 함구하겠다고 하였다. 그러니 "푼힐"을 마주하는 우리는 저마다 자기만의 "눈부신 설산 아래"로 한달음에 달려갈 수 있게 되었다. 그 길에서는 그대와 내 혼백의 난무가 꿀처럼 나비처럼 달콤하고 자유로울 것이다. 물고기는 하늘을 날고 나비는 바닷속을 꿈꾸는 그 신성한 세계에는 "바람에 날리는 룽다의 경전"이 있고 "하얀 불탑"이 있다. 그곳에서 당신의 고단한 이야기는 노래의 품에 안겨라.

표제시인 「다시 청풍에 간다면」은 "푼힐 가는 길"을 더욱 고풍스럽게 펼쳐 보인다.

  초사흘 달빛이
  부끄럽게

입맞춤을 허락한다는

청풍에 간다면

필시 전생에

어느 나루터에 두고 온

남색 저고리 같은 강물을

만날 것도 같은데

산마루를 넘어온 흰 구름이

미루나무 끝을 스치고 가듯

그대의 귀밑머리를 쓸어 올리며

서러운 이야기를

풀어 놓을 것도 같은데

살구꽃이 지는 봄밤

불현듯 찾아낸 기억처럼

연분홍 설화지에 써 내려간 연서가

바람결에 실려 올 것도 같은데

청금석 같은 저녁 하늘가

홍방울새가 울고

호수에 붉게 스미는 노을

흔들리는 나룻배의 이물에 앉아

그대가 불러 주는 이별가에

다시 귀를 적실 것만 같은데

                            —「다시 청풍에 간다면」 전문

초사흘 달빛과 남색 저고리 같은 강물이 입맞춤 같은 만남을 갖는 청풍은 건강한 에로스가 넘실거린다. 전통적인 낙원의 이미지로 시각화되는 청풍은 미루나무 끝을 스치는 시각적 이미지를 서러운 사연을 귓속말하듯 하는 상황으로 제시할 때 적실한 언어 경제에 도달한다.

산마루를 넘어온 흰 구름이 서러운 이야기를 들려주고, 연분홍 설화지에 써 내려간 연서가 불현듯 기억나는 곳, 만남과 이별의 사연이 모두 노래가 되어 "다시 귀를 적"셔 주는 곳, 그곳은 어디일까? 저마다 자신의 심상 지리를 더듬어 가다 보면 그곳이 떠오를 것도 같지만 그러기 위해서는 한순간이나마 서울로 상징되는 화려한 욕망으로부터 우리는 거리를 가질 수 있어야 할 것이다.

2

1990년대 서울의 욕망이 1980년대 '역사의 주체가 되어라'라는 단일한 명령에 복속하기를 거부할 때 그것은 시대정신을 담보하는 것으로 보였다. 하지만 시대정신이 열어 놓은 해방의 보편성은 또 다른 억압과 폭력을 은폐하고 있었는지도 모른다. 서울의 욕망이 영토화한 90년대로부터 도주하려 한 시인의 '고유한 욕망'은 지금, 여기에서 다시 한 번 우리의 욕망'들'과 공명하고 있다. 전 지구적인 자본주의 체제로부터 잃어버린 서정의 세계를 복원하기 위해, 억

압된 것은 반드시 되돌아온다는 믿음 속에서 우리는 이미,
항상 이형권 시인의 이 목소리를 기다려 왔는지도 모른다.

복사꽃 피는 봄날에
아버지 무덤에 비碑를 세우러
고향에 간다

꽃이 피었다 지듯이
그렇게
한 세상이 갔다

들판에는 연기가 솟고
무논에는 벌써
못자리를 잡는다

어느 세월이 와서
지게 위에 복사꽃을 꽂고
집으로 돌아오실까

흐린 차창 너머
아버지의 저승길이

도원桃園처럼 환하다

　　　　　　　　　　　　—「복사꽃 피는 봄날에」 전문

"내가 사랑한 후미지고 한적한 여행지"로 채워진 여행 시
집 속에서 아버지의 무덤이 있는 고향은 어떤 심상 지리의
위상학을 갖는 것일까?

위의 시는 아버지의 무덤에 비를 세우러 가는 시인의 마
음의 행로를 자연스럽게 보여 준다. 꽃이 피었다 진 것에 비
견되는 아버지의 한 삶이 시인 자신의 유한한 삶으로 반복
되리라는 것을 아는 노년의 지혜가 애틋하다. 더 나아가 노
년의 지혜가 서정의 복원과 손잡는 그 순간에 아버지는 무
덤 속에서 불려 나올 수 있는 희망이 생긴다.

돌아가신 아버지가 "지게 위에 복사꽃을 꽂고/ 집으로 돌
아오실" 자리를 마련하는 일은 서울의 욕망으로부터 탈주
해 온 한 여행 시인의 삶이 결국 무엇이었는가를 생각하게
할 뿐더러 우리 시대 시의 소명이 바로 이것이라는 것을 깨
닫게 한다. 우리가 우리로부터 떠나보낸 이들, 돌아오고 싶
지만 돌아오지 못하는 이들에게 곁을 만들어 줄 수 있는 사
람이 되기 위해서 시가 있는 것이 아닌가. "아버지의 저승
길이/ 도원桃園처럼 환하"게 밝혀지기 위해 시가 있어야 하
는 것이 아닌가.

"아버지의 저승길"을 환하게 밝히는 데서 가족사의 보편
성이 인상적으로 제시되고 있다면 좀 더 구체적으로 "복사
꽃은 남녘 변방에서 후미지게 살아온/ 우리 부족의 언어를

닮았다"(「편시춘片時春」)고 하며 "깨복쟁이 친구"의 죽음이 민족의식의 형태로 호명되는 시들도 눈길을 끈다. 한국 역사 속의 "빨치산"으로 상징되는 죽은 자들에 대한 직접적인 호명은 이번 시집에서 가볍게 지나칠 수 없는 지점이다.

섬진강 변 시목나루
바람만 예전처럼 횡횡 지나고
지금은 잊혀진 나루라네

시루봉 능선에서 내려다보면
물결 속에 출렁이는 산자락을 타고
이슬 맞은 애비들이 강을 넘던 곳

돌아보면 꿈결처럼 강물이 흐르고
쌍 무덤가 소나무 홀로 서 있는
선 떨어진 빨치산이 쓰러져 눕던 곳

인정이 말랐는지 세월이 말랐는지
나룻배도 뱃사공도 떠나 버리고
해 저물면 첨벙첨벙 발자국 소리

주막집 너머 바람만 횡횡 지나고

섬진강 변 시목나루

지금은 잊혀진 나루라네

—「시목나루」 전문

위의 시는 말이 필요 없는 역사의 한 장면을 '기억의 장소'로 남기고 있다. 이 시를 읽으며 80년대 민중시의 전통을 떠올릴 수도 있지만 빨치산 서사가 90년대 이후 '문화유산 답사기'의 형태로 새롭게 생명을 얻고 있다는 점에서 시와 문화콘텐츠의 만남을 실험하는 시도로서 성공적인 사례로 보인다.

「복사꽃 피는 봄날에」에서 출발해「편시춘片時春」「시목나루」 등을 경유하여「정황계첩전말기丁黃契帖顚末記」에 이르게 되면 이형권 시인의 이야기시, 문화콘텐츠로서의 시적인 가능성이라는 수사를 넘어서는 한 장관壯觀이 펼쳐지는 것이「정황계첩전말기丁黃契帖顚末記」라고 하겠다. 분량상 인용할 수는 없는 이 시는 다산 정약용과 그 제자 황상이 평생에 걸쳐 보여 준 우직한 학문적 · 인간적 존중과 사랑의 끈끈함을 다큐멘터리처럼 숨죽인 채 조명하고 있다. 다산 정약용이 상징적인 아버지라면 그 제자를 자처한 우직한 시골 선비 황상은 이형권 시인 자신의 초상이라고 할 수 있겠다. 이 시에서 시골 선비가 고집스럽게 지켜 온 일평생은 1980년대의 신념을 버리지 않고 노년에 도달한 시인 자신의 "자전적 통지"가 아니라고 할 수 없다. 기어코 필자는 "서정시의 본

질을 잘못 이해하"는 길로 들어서고 만 것인가?

이형권의 시집을 2021년에 읽는 보람은 이렇게 잘못 든 길에서 길을 만들고 싶은 욕망을 되찾는 데 있을 것이다.